后海也是海

Houhai is also the sea

王甦　傅玲　王斯淳　潘思齐——著

敦煌文艺出版社

图书在版编目（ＣＩＰ）数据

后海也是海 / 傅玲，王甦，潘思齐著 . -- 兰州 ：
敦煌文艺出版社，2018.9（2023.1重印）
ISBN 978-7-5468-1616-6

Ⅰ．①后… Ⅱ．①傅… ②王… ③潘… Ⅲ．①剧本—
作品综合集—中国—当代 Ⅳ．① I230

中国版本图书馆 CIP 数据核字（2018）第 211108 号

后海也是海

傅 玲 王 甦 潘思齐 著

责任编辑：张 桐
装帧设计：李 娟 禾泽木
剧本创意：王斯淳

敦煌文艺出版社出版、发行
地址：（730030）兰州市城关区读者大道 568 号
邮箱：dunhuangwenyi1958@163.com
0931-2131373 2131397（编辑部） 0931-2131387（发行部）

三河市嵩川印刷有限公司印刷
开本 787 毫米 ×1092 毫米 1/32 印张 7.25 插页 1 字数 128 千
2019 年 6 月第 1 版 2023 年 1 月第 2 次印刷
印数：3 001 ~ 6 000

ISBN 978-7-5468-1616-6

定价：38.00元

Contents

目录

【话剧】

手心手背

The hand of the palm of the hand

王甦

作者简介

　　王甦，青年编剧，毕业于中央戏剧学院戏文系，现就职于北京人民艺术剧院。2015 年参加国家艺术基金话剧编辑人才培养研修班，2016 年获得北京文化艺术基金青年艺术人才创作扶持。话剧作品：《我是余欢水》《冰雪圆舞曲》《冰山在融化》《追梦的女孩——少年宫的故事》《花果山漫游记》《课本人大作战》等。《无果花》入围第二届中国话剧原创剧目邀请展、北京文化局"北京故事"优秀小剧场剧目展演。《手心手背》入选 2016 年度北京市文化艺术基金青年艺术人才扶持项目。《海上花开》入选 2017 年度北京市文化艺术资金资助剧目、2018 北京青年原创戏剧展演季剧目、2018"海之声"新年演出季开幕剧目，作品还获海淀区"大写中关村·聚焦海淀人"剧本征集活动第一名。影视作品：电视剧《奇幻乐园》《南城遗恨》《密站太阳山》《冷案》等；电影《小白领大翻身》；微电影《大林寺桃花》《乐不思蜀》等。

第一场

【时间：2009 年，一个没有微信，尚没有手机依赖的年代。

【北京南城，一条南北走向蜿蜒曲折的小胡同深处，一所独门独院的建筑。院子里有四间房，钱春花住北房，夏小阳住南房，夏晓云婚前住在东屋，西屋临街。西屋很小，一半是临街的小卖部门脸，一半是一家人的饭厅，屋里堆满了小商品，空间狭窄。饭厅的门冲院子里开，除了饭厅，右手边有一个搭建的小厨房。院子里很干净，有葡萄架和肆意生长的粉红色草茉莉。小卖部窗口外有一盏路灯，还能看到胡同口，老头儿们下棋的石头桌子椅子。

【中秋节，傍晚。

【橘色的夕阳映照在小院里，钱春花一个人坐在

小卖部窗口，一边扒拉算盘算账，一边在小本上记
账。

【几声自行车的车铃响。

【钱春花随手把面前的水杯盖子打开，继续算
账。

【夏小阳急匆匆走进来，她背着手提包，手里拎
着一大堆菜，因为着急，脸上全是汗，头发也有点乱。

夏小阳：妈！我回来了！

【钱春花头都不抬，"嗯"了一声算是回应。

【小阳很自然地拿起钱春花面前的白开水，一饮
而尽，放下书包，拉过马扎，做下择菜。

夏小阳：您早上嘱咐过的扁豆、菜花、柿子椒、西
红柿我都买了，我看猪肉不太新鲜，买了点鸡胸。

钱春花：没看见我算账呢，别和我说话！

夏小阳：哦。

【屋里很安静，只有钱春花扒拉算盘的声音。夏
小阳闷着头摘菜，不时紧张地看看妈妈。

【少顷，钱春花合上账本。

钱春花：柿子椒炒肉片必须得是猪肉，用鸡肉味
儿就不对了！你去哪儿买的肉？

夏小阳：我们商场地下一层那个超市。

钱春花:你就懒吧!超市里的肉不新鲜,你不会去菜市场再转转吗!再说,超市里的菜多贵!你每个月赚多少钱你就这么胡糟?

夏小阳:我不是怕回来晚了,耽误您吃饭吗。

钱春花:你老有理,我说什么你都有话等着我!

夏小阳:妈,您别生气,下次我改。

钱春花:赶紧的,一会儿晓云就回来了,慢慢腾腾,这饭七点也吃不上。

夏小阳:晓云给我发短信了,说会回来晚一点,七点半吃饭就成。

钱春花:她怎么不给我打电话?

夏小阳:发短信不是方便吗,妈,现在人都用手机了,回头我给您也买一个吧?

钱春花:我不要!我就烦这手机短信,现在打公共电话的人越来越少,影响我买卖。而且字儿那么小,我也看不见。

夏小阳:您看,胡同口的王大爷和对面的赵阿姨,都有手机,他们比您岁数还大呢,手机玩儿得都很溜!

钱春花:我说不要就不要!那姓赵的最是非,成天嘴上没把门儿的。她那小闺女嫁了个二婚头,她还逢人就说,真是不知道寒碜!

夏小阳:那您干吗还给她们家随份子,还给那么大个红包。

钱春花:哼！还不是因为你！

夏小阳:因为我?

钱春花:你看看,这条街上那么多姑娘,比你小十岁八岁的都结婚了,你都 36 了还不嫁人,那群老娘儿们整天胡是非！那姓赵的就爱给人保媒拉纤,我能得罪她吗?她最近给你介绍对象没有?她拿了我那么大的红包,要是不干人事儿,我非骂化了她！

夏小阳:妈！赵姨儿介绍的都是……都是离过婚的。

钱春花:离过婚的怎么了,你都 36 了,还想找头婚的?找个离婚没孩子的就得了。真不知道你怎么这么没用,连个对象都找不到。干什么什么不灵,你看看人家晓云！名牌大学研究生,毕业就结婚,她们家李志高多孝顺,赶明儿再给我生个孙子,就十全十美了！你再看看你,我都懒得说你。

夏小阳:好好,晓云什么都好,我嫁不出去,我丢人现眼,我做饭去！

【院外传来滴滴的汽车喇叭声。

钱春花:晓云回来了！(一溜烟跑出去迎接)

【夏小阳站在屋里叹气,什么也说不出,拎着一堆菜去厨房了。

【钱春花和夏晓云有说有笑地走进来。夏晓云踩着十厘米细跟儿高跟鞋，穿着裙摆才过膝盖往上十厘米的超短裙，拎着金属细链小包，化着精致的彩妆。

夏晓云：妈，饭好了吗？饿死我了！

钱春花：马上就好！快坐下，歇会儿。

【母女俩坐在沙发上。

夏晓云：我姐呢？

钱春花：做饭呢。

【厨房传来煎炒烹炸的声音。

夏晓云：妈，我和志高给您买了一大堆东西，最有意思的就是这个。（从包里拿出一个手机）手机！诺基亚刚出的款式，字儿大，信号好，而且特别结实，您用这手机砸核桃都坏不了！

钱春花：是吗？（接过手机）好好！一会儿吃完饭，你教教我怎么用，我看现在大街上人都有手机，不就是打电话吗，有什么可新鲜的？

夏晓云：这您就老土了吧！手机多方便啊，走到哪儿打到哪儿，还能发短信，还能看日期、打游戏，我看您趁早把咱们小卖部的公共电话撤了，以后没人打了。

【李志高拎着一堆东西进门。

李志高:妈,中秋快乐!这是我们给您买的稻香村的月饼,还有晓云特意给您买的好茶叶。

钱春花:好儿子,放那儿吧。我给你们沏茶去!

李志高:不用!妈,我自己来,您累一天了,好好歇会儿。我买了螃蟹,全是母的,我去蒸了!

钱春花:给你姐吧,她做饭好吃。你们两口子陪我聊聊天。

【李志高把饭桌支好,把螃蟹放到小厨房,和小阳一起端着菜回到屋里。

夏晓云:姐!

夏小阳:晓云回来了,还有俩菜一汤,都是你爱吃的。

【夏小阳把饭菜放到桌子上,又急匆匆回去。

【李志高沏好茶,给钱春花和晓云倒好茶,自己坐在一边。

钱春花:夏晓云,你这穿的是什么衣服?

夏晓云:裙子,怎么了?

钱春花:都什么天儿了,你还穿这么短的裙子?

李志高:晓云,你看,妈也说你裙子短吧!

夏晓云:我又不冷。

钱春花:还有你这鞋跟儿也太高了,容易崴脚。

李志高:你看,妈也说你鞋跟儿高吧!

夏晓云:我一直穿这么高的跟儿,习惯了。

钱春花:这可不成。你们不是准备要孩子了吗?你穿成这样怎么要孩子?

夏晓云:要孩子和穿什么有关系吗?

李志高:妈说有就有,晓云——

夏晓云:李志高,我和我妈聊天,你少插嘴。拿碗拿筷子去!我饿了!

李志高:哦……(起身去厨房)

钱春花:都一年了,怎么一点动静都没有?

夏晓云:妈,我才32,不着急。

钱春花:我像你这么大的时候,你姐都会——

夏晓云:你姐都会打酱油了!妈,您这话不客观。咱们家是开小卖部的,从来不去外面买酱油。

钱春花:这丫头,别打岔。你和你姐不一样,她已然这样了,我也就不指望她了。你和志高结婚这么多年了,你今天怕疼,明天怕胖,一直不肯要孩子,今年你都32了,再不要孩子就不好生了。

夏晓云:31!还有两个月才32好不好。

钱春花:虚岁都33了!

夏晓云:妈!那生孩子又不是我一个人的事,我也没说不生呀!

钱春花:难道是李志高的问题?不行,你得让他去医院看看！

夏晓云：妈，他没问题，你放心吧。

【李志高和小阳端着菜和汤上来。

夏小阳：饭都得了！晓云等急了吧？

夏晓云：是饿了，焖扁豆、番茄菜花、柿子椒肉片、鸡蛋西红柿汤，都是我爱吃的！

【钱春花拉着晓云和李志高围坐在餐桌前。夏小阳正要摘围裙。

钱春花：前几天我买的松仁小肚你怎么没切？

夏小阳：我忘了，现在去切。（去厨房）

钱春花：（喊）记得把皮儿撕了！（盛饭）志高，这都中秋了，工作忙不忙？

李志高：不忙，今年经济不太景气。而且，我和晓云不是想今年要孩子吗，所以我没接那么多单。

钱春花：知道照顾家是好事，尤其是你们就快有孩子了，是得收收心。

李志高：妈，您喜欢孙子还是孙女？

钱春花：我可不是重男轻女的人，只要孩子健健康康，男孩女孩都一样。

李志高：我倒是盼着生个儿子。您知道，我爸妈没得早，我要是有个儿子，也算是对得起他们二老的在天之灵了！

夏晓云:没儿子就对不起列祖列宗了?李志高,你这人真是满脑子封建思想。我妈就没儿子,怎么了,日子不过了!?

李志高:我不是那意思!妈,您别生气啊!我是说,我们家就我一个男孩,您也只有晓云和大姐两个女儿,晓云要是生个儿子,两家的香火都有延续了!

夏晓云:那我要是生个女儿呢?

李志高:女儿,女儿也好啊!像你这么漂亮。

夏晓云:就因为你满脑子都是儿子,我才不想生孩子,压力太大了!

钱春花:志高,这就是你不对了,我这个老太太都知道,男孩女孩都一样,你别给晓云压力。

李志高:是,是,妈说的对,我不说了。

【夏小阳端着松仁小肚和螃蟹进来。

夏小阳:菜齐了,螃蟹也好了。(正要坐下)

钱春花:姜汁儿呢!

夏小阳:做好了,我实在没有手端了。(赶紧下去拿)

钱春花:你说你!干点儿什么成!

【夏小阳很快端着姜汁儿回来。

【一家人开始吃饭。

夏晓云:今天是中秋节,我祝妈身体健康,笑口常开！

李志高：我也祝妈福气好、身体好、财运好！

夏小阳：祝妈硬硬朗朗的！

钱春花：好好！吃饭吧！

李志高：大姐，您辛苦了，一个人做这么一大桌子菜。

夏小阳：你们爱吃就行。

夏晓云：李志高，给我弄个螃蟹，我吃那玩意儿老扎手。

【李志高赶紧给夏晓云拆螃蟹吃。

夏晓云：这柿子椒怎么配鸡肉片啊，不好吃。

钱春花：你看，我就说吧，你姐她犯懒，没去买猪肉。

夏晓云：扁豆的丝儿也没择干净。

夏小阳：（低着头）时间太赶了，是没择得太细。

李志高：（打圆场）这菜花挺好吃的！晓云、妈，吃螃蟹，大姐，你也吃！

夏小阳：谢谢。

夏晓云：姐，今天菜炒得太油了，下次少放点油，就算咱们家油盐酱醋不花钱也不能放这么多油啊。

夏小阳：我知道了。

钱春花：小阳，院里的葡萄快熟了，一会儿去摘点好的,给晓云和志高带走。

夏小阳:我知道了。

夏晓云:姐,之前我给你介绍的那个人,你见了吗?

夏小阳:哪个?

夏晓云:就是志高的朋友,开连锁超市的那个。

夏小阳:见了。

夏晓云:怎么样?

夏小阳:俗。就知道赚钱,没的聊。

夏晓云:姐,你不能老这样,你是找老公还是找老师? 动不动就嫌人家俗,什么样的不俗?

夏小阳:我就想找个聊得来的。

钱春花:你妹妹好心给你介绍对象,你别给她丢人。

夏小阳:(哀求)行了,中秋节,咱不说这些了行吗?(站起来)我再去盛点汤。

【小阳端着汤盆下去。

夏晓云:妈,你说姐这么多年,是不是一直还惦记那王轩呢?

钱春花:哼,提起那坏小子我就一肚子火,不着调! 幸亏小阳没嫁给他!

夏晓云:他俩也是青梅竹马,两小无猜,差一点就私奔了。

钱春花:多亏我心明眼亮,神机妙算!

夏晓云:听说他去了深圳很多年,也不知道混得怎么样。

钱春花:王轩他爸他妈就不是什么好人,他去哪儿也不会有出息。

夏晓云:我刚才好像在胡同口看见他了。

钱春花:谁?

夏晓云:就是王轩,一下车就看到他在胡同口的电线杆子旁边抽烟呢。

【打碎东西的声音。

【钱春花和夏晓云转头一看,夏小阳脸色苍白,站在门口。

夏小阳:对不起,我马上扫干净。

【收光。

第二场

【起光。

【夜深人静,西屋小卖部空无一人。

【夏小阳蹑手蹑脚走进来, 坐在售卖小窗口前,打开小台灯,独自翻看相册,看了一会儿就看不下去了,哽咽着合上相册。

【忽然,有人轻轻敲窗口。

【夏小阳打开窗口,愣住了,惊慌失措弹跳起来。

王轩:我……买包烟。

夏小阳:(拿过一包烟)15。

王轩:(接过烟,给钱)你还记得。这么多年,我一直抽这个牌子。

夏小阳:快忘了。

王轩:过得好吗?

夏小阳:什么好不好的,就那样吧。你呢?

王轩:挺好的。

夏小阳:什么时候回来的?

王轩:今天下午,回来过中秋。

夏小阳:会待多久?

王轩:不走了。

夏小阳:不走了?

王轩:我爸妈年纪大了,希望我回来。

夏小阳:挺好。

王轩:你,这会儿有空吗?

夏小阳:你,什么事儿?

王轩:好些年没见了,想和你聊聊。

夏小阳:……

王轩:你要是不愿意就算了。

夏小阳:对不起,我明天早班儿,要睡了。

【夏小阳合上小窗口,紧张得浑身颤抖,她整理了自己的头发和衣服,在屋里踱步,忽然冲到柜台前,打开窗口。

夏小阳:……还没走?

王轩:我在老地方等你。

【夏小阳冲出门去。

【王轩走到胡同口的石椅子前坐下。

【夏小阳跑过来,直愣愣望着王轩,也坐下。

王轩:吃月饼了吗?

夏小阳:吃了。

王轩:(从兜里拿出一块冰皮月饼)这是我从深圳带回来的,广式冰皮月饼,你尝个新鲜吧。

夏小阳:(接过)谢谢。

王轩:你一点都没变,和我印象中的一样。

夏小阳:都十年了,怎么可能没变。

王轩:真的没变,还是那么安静,委屈,让人心疼。

夏小阳:这些怕是一辈子也变不了了。

王轩:钱婶儿对你还是那样?

夏小阳:不管我怎么做,她都会挑理。我在这个家里就是个保姆。我老了吧? 你都有胡子了。

王轩:坐火车回来累了,懒得刮。

【停顿。

王轩:擦黑儿的时候,瞧见你妹妹了。

夏小阳:她也瞧见你了。

【停顿。

王轩:她是不是还老欺负你。

夏小阳:我在家里受欺负都习惯了,也不觉得委屈。

　　王轩：听我妈说，你在西单卖化妆品？

　　夏小阳：嗯。

　　王轩：很辛苦吗？

　　夏小阳：就那样。从小帮我妈卖货也算经验丰富，什么难缠的客人都不怕。

　　王轩：你怎么不问问，我这些年都干什么了？

　　夏小阳：你想说就说说吧。

　　王轩：你还在怪我吗？

　　夏小阳：我都不知道该怪谁。

　　王轩：怪我。

　　夏小阳：那天我在民政局等了你一天，你没有来。晚上听说，你已经去了深圳。

　　【停顿。

　　夏小阳：为什么？为什么没有来？我们不是说好了先登记，然后一起去上海吗？

　　王轩：可能是怂吧。我当时什么都没有，你跟着我跑出去，也许会饿肚子。

　　夏小阳：我不怕！你知道的！

　　王轩：可是我怕。

　　夏小阳：你结婚了吗？

　　王轩：嗯。

　　夏小阳：有孩子了吧。

王轩:嗯……

夏小阳:我先回去了。(转身要走)

王轩:(拉住小阳)等等!别走!

夏小阳:(甩开王轩的手,再也忍不住了,号啕大哭)我不想再等了!你把我的一生都毁了!

我一直在等你!我一直相信你会回来!这么多年了,我心里装不下别人,不管是谁,我都觉得比不上你。十年的青春!十年!你呢?在深圳结婚生子……你就没想过,我还在等你吗?

王轩:(想搂住哭泣的小阳,又不敢)对不起,小阳,真的对不起。

夏小阳:我就是个笑话。(大步往家走)

王轩:(在后面追)小阳,你听我说!

夏小阳:我明天就去相亲,后天就嫁人,我要离开这条憋死人的胡同!再也不回来!

王轩:小阳!你听说我!我离婚了。

夏小阳:(停住)离婚?

王轩:我去深圳过得很苦,我也想过回来,可是你……我不敢回来。后来,我连房租都交不起,就和一个南方女人结婚了,前年她生了个女儿……

夏小阳:然后呢?

王轩:孩子没了,就是普通的感冒,我们俩工作都忙,拖了几天,她才带着孩子去看病,医生当时就把孩子留下了,说是肺部感染。输液的时候,孩子一直哭,等我赶到医院的时候,她不哭了,和我说,爸爸,我想喝奶茶。我去给她买,等我回来的时候,孩子已经没了。她才二岁!(哭了)

【夏小阳抱着王轩。王轩擦擦眼泪。

王轩:日子过不下去了,就离了。

夏小阳:对不起。

王轩:你没什么对不起我的,都是我的错。

夏小阳:所以你回来,不光是为了爸妈。

王轩:对,我一直都是个怂人。我不想在深圳生活了。

夏小阳:没想到,你过得比我还苦。为什么有的人事事顺利,为什么我们这么苦?

王轩:大概是命吧。

夏小阳:我不认命。

王轩:我也不想认,所以我回来了。

夏小阳:回来干什么?

王轩:小阳,我们都不年轻了,如果你愿意,和我过吧。我会对你好。

夏小阳:可,我妈要是不同意怎么办?

王轩:二十多岁的时候她管着你,三十多岁她还管着你?你就不能自己做回主?

夏小阳:让我想想好吗?让我想想。

王轩:小阳,我让你白等了十年,如果我们真能在一起,我会用二十年、三十年弥补你。

夏小阳:(犹豫)王轩,别再骗我,同样的事,我经受不住第二次。

王轩:小太阳,我不会再让别人欺负你。(温柔地搂住小阳)

【夏小阳无声地掉眼泪。

【收光。

第三场

【十天后,周末,早晨。

【小阳把粥锅放在餐桌上,又去厨房把煮鸡蛋端过来。正要出门,钱春花走进来,坐下开始喝粥。

钱春花:咸菜呢?

夏小阳:这就来。(很快端着咸菜回来)

【钱春花打量小阳,觉得奇怪。

钱春花:要出门儿?

夏小阳:嗯,一会儿出去一趟。

钱春花:干什么去?

夏小阳:逛逛街。

钱春花:逛街?和谁?打扮得花枝招展的,还抹口红。

夏小阳:和一个朋友。

钱春花:男的女的?

夏小阳:男的!

钱春花:干吗的? 靠谱吗?

夏小阳:不见见怎么知道?

钱春花:你看男人的眼光一向不好, 留点儿神吧。

夏小阳:这些年, 相过这么多次亲, 见过那么多怪货色, 我也该遇到个靠谱儿的了。

钱春花:你啊, 就是一点都不随我, 你要是能长得好看一些, 也许早就嫁出去了。

夏小阳:我知道, 我没晓云好看。

钱春花:晓云长得和我年轻时候一模一样, 你像你死鬼老爹, 耷拉眼角, 塌鼻子, 也就是皮肤白随我, 一白遮千丑。

夏小阳:我长什么样, 我自己选不了。

钱春花:嫁给谁, 你自己能选。

夏小阳:我肯定选个好的。

钱春花:丫头, 我告诉你, 好马不吃回头草。

夏小阳:您什么意思?

钱春花:我就直说吧, 离老王家那坏小子远点儿!

夏小阳:您是说王轩?

钱春花:除了那倒霉催的还有谁!

夏小阳:您别那么说他。

钱春花:一个离过婚的男人,也就是你,缺心少肺,拿他当块宝。他就是块烂泥!根本糊不上墙!

夏小阳:妈!您不是希望我早点嫁出去,省得别人说闲话吗?他虽然离过婚,但是没孩子,我也不用当后妈,不是挺好的。

钱春花:你怎么这么不开眼,十年前非和他私奔,他扔下你不管,自己跑了!现在离了婚,死了孩子,舰着脸回来找你,你想都不想就答应,你是废品回收站的吗?

夏小阳:妈!(忽然反应过来)前天晚上我们说的话你听见了?

钱春花:你一撅屁股,我就知道你拉什么屎!还用得着偷听?

夏小阳:您这不是不打自招吗?我说过您偷听吗!

钱春花:告诉你,反正我不同意,天底下男人死绝了都不让你跟他!

夏小阳:凭什么!你就看不得我高兴是不是!

钱春花:你那是犯傻!

夏小阳:我十年前就应该嫁给他!要不是您死活不同意,我犯得着要私奔吗!您要是同意了,现在我孩子都上小学了!

钱春花:你是没见过男人还是怎么的?死心眼儿!你就不能找个靠谱的男人嫁?

夏小阳:对!我找不到!因为我长得不像您,不好看!因为我没学历,没好工作,因为我是个多余的人!你就不该生我!

钱春花:对,我就不该生你。活冤家!我为你操了多少心!你看看你妹妹,什么都不用我操心!

夏小阳:等我嫁了人,您就不用操心了!您就天天宝贝着您的二闺女吧!夏晓云什么都好!

她是七仙女儿!我就是屎壳郎!

【这时,夏晓云哭哭啼啼跑进屋。

夏晓云:妈!李志高要和我离婚!

【收光。

第四场

【紧接前场。

【钱春花坐在沙发上数落晓云。

钱春花：哼，我说了你多少次，早点生个孩子，你就是不听！

夏晓云：我还不听话？我听您的，研究生毕业就结婚了。李志高也是您亲自选的吧！您说他没有爸妈，相当于上门女婿，我也不用受公公婆婆的气，还说他开着公司，条件好，人也老实。

钱春花：我没看走眼。志高是个好孩子。

夏晓云：他满脑子都是生儿子，我可是经济学硕士，不是农村妇女，成天在炕上生孩子！

钱春花：不管是硕士博士还是农村大屁股老太太，都要生孩子，让你读书是为了懂道理，你怎么这么胡搅蛮缠!

夏晓云:和您学的!

钱春花:(无奈)你呀!行了,说说,志高到底为什么要和你离婚?

夏晓云:中秋那天吃完饭回家,他就正式和我谈,要我去做试管婴儿,这样肯定能生男孩。

我一听就急了,我又没有病,为什么要做试管婴儿!而且我看过文章,取卵子很疼的!

钱春花:这事儿倒是怪李志高,该怎么生就怎么生,瞎折腾什么!

夏晓云:我也是这么说的!他就和我急了,说什么,今年要是怀不上,就和我离婚,找愿意生孩子的去。

钱春花:唉,这不是气话吗!这你就至于哭哭啼啼往娘家跑?

夏晓云:可是我真的不想生孩子!身材走形不说,一养就是十几年,那我一点自由都没有了,而且,我有同学说生孩子要被扒光衣服躺在手术台上,大夫还是男的!疼得撕心裂肺,还有可能一使劲,屎尿屁都出来了!天啊!想想就可怕!

钱春花:我都说过多少次了!生孩子就是疼一会儿,没那么可怕!你都闹了几年了?早晚都得生,晚生不如早生!趁我身体还行,帮你把孩子带大了,你也不用费什么劲儿。

【夏小阳端着粥进来。

夏小阳:晓云,喝点粥吧。

钱春花:你不去约会了?还知道管管你妹妹啊!

夏小阳:妈!您就不能好好说话吗?老和吃了炸药包似的。

钱春花:哼,你们要是都听我的话,我至于这么累心吗?

夏小阳:晓云,你不要太自私,李志高是孤儿,他想要孩子可以理解,也不是无理取闹。正常人都想要孩子,而且他能容忍你不会做饭洗衣服还不生孩子这么多年已经很不容易了。妈,你说是不是?

钱春花:你也是!你说你这个当姐姐的,怎么也不关心自己的妹妹?平时怎么不多劝劝李志高?让他别惹你妹妹生气?

夏小阳:有我什么事?他们俩是两口子,我说得着吗?我的事,你们谁操心过!谁管过!

钱春花:我不管你你就长这么大了?

夏小阳:对!您管得真好!从小您就不待见我!就好像我是捡来的!你们俩都一样,没人拿我当人看!小时候,晓云打碎东西您从来不说,我偶尔打翻一盆水,您就劈头盖脸一顿臭骂!大冬天的永远是我刷碗！冻得我手上全是冻疮！就连掰老玉米，夏晓云那块也永远比我的大！我总是怀疑我到底是不是亲生的！就我爸心疼我，可是他走得太早了，您天天骂他是酒鬼，是王八蛋，可这个家里只有我爸拿我当人！夏晓云干什么都可以，我干什么您看着都不顺眼！这么多年，您就没给过我好脸儿！她生不生孩子我管得着吗！她离不离婚我管不着！我就不管！（摔门而去）

【钱春花和夏晓云愣住了。

夏晓云：妈，其实我也一直想问，您为什么那么不待见姐姐？

钱春花：她长得和你那个酗酒无能还打人的老流氓爹是一个模子刻出来的，我一看见她就忍不住生气。

夏晓云：可姐姐没做错什么。

钱春花：别说她！就说你！没一个让我省心的！早知道这样，哪个我也不生！

【钱春花起身走进院子里。
【夏晓云无奈地长叹了口气。
【暗转。

第五场

【时间紧接前场。

【胡同口的石桌子石椅子前。

【王轩正在抽烟。

【夏小阳急匆匆走过来。

夏小阳：我们结婚吧！

王轩：(吓得手里的烟掉在地上)啊?!

夏小阳：我们结婚吧！越快越好！

王轩：小阳,你怎么了?(观察)你哭过?又和你妈打架了?

夏小阳：我受不了了,我想离开那个家。

王轩：可是太快了,我才回来几天。

夏小阳：借口！都是借口！十年前你说过,只要我们爱对方,什么都不重要!你根本就不爱我,你是在拿我开涮!

王轩:没有!小阳!你听我说!我决定回来的时候,就想过,如果你还没嫁人,我就和你在一起。但我刚刚回来,连工作都没有,我们怎么生活呢?你不想住在家里,可我们结了婚住在哪儿呢?住在我家?一条胡同,你还是能天天看到你妈,和现在没区别。如果我们去租房,总要有钱吧。离婚的时候,我的钱都给前妻了。我现在是一无所有。

夏小阳:十年前你也是一无所有,我也不在乎啊!

王轩:可我让你等了十年,如果还让你跟着我吃苦,我还算是个爷们儿吗?

夏小阳:说了半天,你还是不想娶我。

王轩:你这个不依不饶的性格真是和你妈一模一样。

夏小阳:(哭)你怎么能这么说!?我不想变得和她一样刻薄!看什么都不顺眼!她要是不喜欢我,为什么不掐死我!

王轩:小阳,有件事,我要是说错了,你别生气。

夏小阳:你说。

王轩:你的事儿……我问过我妈。

夏小阳:什么事儿?

王轩：你知道钱婶儿为什么嫁给夏叔儿吗？

夏小阳：她没说起过，好像是你妈介绍的？

王轩：是我妈介绍的。你知道，夏叔和我妈是针织厂的同事。钱婶原本有个很喜欢的男人，两个人还换了生死片，约定今生非君不嫁。但是那个男的出国了。钱婶一直等着他。没想到，那男的一去就没消息了。钱婶儿等了四年，你姥爷不干了，就满世界托人给她说媒。后来，我妈就把夏叔介绍给你妈了。（欲言又止）

夏小阳：然后呢？

王轩：你妈不同意。但是你姥爷逼着你妈和夏叔叔见面。后来有一天晚上，夏叔喝醉了……你妈就有了你。

夏小阳：（哭了）难怪她那么讨厌我。我是个多余的人。

王轩：你妈没办法，只好嫁给夏叔叔。我妈很内疚，一直觉得对不起你妈。

夏小阳：难怪我妈天天骂你妈你爸，还那么讨厌你。我们都是毁了她人生的人。

王轩：钱婶本来可以不生你的，听说她医院都去了。可最后还是把你生下来了。她是爱你的。

夏小阳：没人爱我，她从来没像看晓云那样，喜笑颜开地看过我！大概是因为我和我爸长得太像了吧……我真的很想离开这个没有亲情和温暖的家，我想有一个属于自己，有人疼有人怜的家！

王轩：好了，别哭了，唉，好像我这次回来是专门来惹你哭的似的。

夏小阳：我在家里已经哭都哭不出来了。从你走了之后我的心就死了。王轩，十年前，你为什么忽然就走了？

王轩：你真的不知道？这么多年都没人告诉你？

夏小阳：不知道。

王轩：我们约好去登记结婚，前一天晚上你妈在台球厅找到了我，骂我是小无赖二流子三青子，配不上你。还说，有好几个人想追你，要不是我，你说不定能当外交官太太。我一赌气连夜坐火车离开了北京，我发誓要混出个人样再娶你。到了深圳，我天天想你，又不敢给你打电话，怕你妈接。就给你写信，希望你到深圳去，但是你没有回过。

夏小阳：什么信？

王轩：我一天写一封，一连写了七八封，你一次也没回。我以为，我不辞而别生气了，或者你妈已经让你和外交官好了，我越想越害怕，越想越生气，就给小卖部打了电话。结果是你妈接的。她说让我死心，说你已经嫁人了。

夏小阳：我没有！我没有！我一直在等你！

王轩:可你为什么没回信？七八封信,不可能一封也没收到!

夏小阳:我一封信也没收到。到底怎么回事?

王轩:……会不会是你妈捣的鬼?

夏小阳:(同时)会不会是我妈捣的鬼?

【收光。

第六场

【起光。

【当晚,小卖部。

【钱春花坐在小窗户前面,李志高坐在沙发上低着头。

钱春花:行了,这会儿家里就你和我,说说吧,到底怎么想的?

李志高:妈,我这些年对晓云怎么样,您都看在眼里,我没做过任何对不起她的事。

钱春花:那你媳妇儿能嗷嗷哭着跑回娘家?

李志高:妈,她从不承认自己有错。我真的是受够了。

钱春花:她没做什么对不起你的事吧?

李志高:没有。

钱春花:那你有什么受不了的?

李志高:她就不是个过日子的人。她喜欢买衣服买包,这没问题,她从来不做饭洗衣服,这也没问题,可是她就不会好好说话,总是冷嘲热讽的,可谁叫我喜欢她,我也可以忍。我知道,我是个大老粗,当年晓云嫁给我,都是您的意思。娶了晓云之后,我特别知足,我一个农村孩子,能娶到这么漂亮的媳妇儿,还是研究生,我们家祖坟简直是冒青烟了。但是她从骨子里看不起我。我想要个孩子,这有错吗?她不愿意生,什么怕疼怕身材变形,根本都是借口,她不愿意给我生孩子,那天我们吵架,她说,她担心孩子长得像我,我问,我儿子为什么不能像我?她说,要是像你这么窝囊,还不如掐死。妈,您听到过一个女人说这么狠的话吗?这就是您女儿对我说的话。我忽然就明白了,她不愿意生孩子,就是因为她不爱我。我心都冷了,既然这样就离了吧。让她去找一个她看得上的男人,这样您也能早点抱孙子。您也不用再劝了,我已经铁了心了。

钱春花:(沉默片刻)志高,晓云不懂事,让我惯坏了,我会说她的,你还是再考虑考虑吧。

李志高:妈,您对我很好,可我还是要说,您真的不会教育孩子。您看看,大姐和晓云都不幸福,她们俩从小什么都听您的,晓云完成任务完成得好,您就给她买漂亮衣服,给她好吃的,大姐完成得不好,您就数落她,打击她。搞得晓云变得自私虚荣,大姐变得自卑压抑。妈,您太强势了。

钱春花:(惊讶)没想到,我心尖上的好女婿对我们娘儿仨有这么多的不满。我知道了,你走吧。我们夏家的姑娘知道寒碜,不会死皮赖脸赖着谁,要走就赶快滚蛋吧。

李志高:妈,我走了,您别生气。

【李志高走了。钱春花坐在小窗口前发呆。

【有人敲窗户。

【画外音:"来包白糖!"

钱春花:糖卖光了!就剩咸盐了!

【王轩走进来。

钱春花:你来干什么?出去!

王轩:婶儿,我有话想问您。

钱春花:有话快说,有屁快放。

王轩:当年,我给小阳写的信,您是不是收起来了没给她?

钱春花:我不知道。

王轩:婶儿,信已经不重要了。我想告诉您,我错过了小阳一次,已经很后悔了,我们分开了十年,这十年,我们过得都不好。现在我回来了,我是一定要娶她的。我希望您能同意。

钱春花:我同意。

王轩:您别急着说不同意,听我把话说完。

钱春花:你听我把话说完! 我说我同意。

王轩:(完全没想到)啊? 您同意?

钱春花:同意。

王轩:同意我和小阳结婚?

钱春花:你在南方待得听不懂北京话了吗?

王轩:不是……那个……可是……这么痛快?

钱春花:哼,那丫头年纪大了,长得也不好看,也就是你愿意找她了。

【夏小阳闯进来,她一直在院子里偷听。

夏小阳:妈,有什么话就直说,别耍阴谋诡计!

钱春花:哼,和你们我还犯得上阴谋诡计? 你愿意嫁给谁就嫁给谁,同一个火坑,我能拦着你一次,不能拦着你一辈子。你非跳就跳吧! 我不管你了!

【有人敲小窗户。

【画外音:"来瓶老陈醋!"

钱春花:(对着外面嚷嚷)今儿什么也不卖了!

【收光。

第七场

【起光。

【半个月后的早晨。

【夏晓云刚刚起床,钱春花在小窗口前打算盘。

夏晓云:妈,早点吃什么?

钱春花:吃等等儿!

夏小云:姐! 姐!

【夏小阳拎着买回来的油饼和豆浆,放在桌子上。

夏小阳:吃吧。我上班去了。(下)

夏晓云:妈,吃早点吧。

钱春花:外面买的豆浆没法喝。你吃吧。

夏晓云:是没我姐做的早点好吃。唉,我姐也是倔,半个月不和您说话了。您怎么不揍她一顿?

钱春花:我都快 60 了,打不动了。

夏晓云:妈还年轻呢!

钱春花:行了,吃完早点赶紧回家去。这次李志高是铁了心要你先低头,你也别扛着了,回家吧,说几句软话,这事就过去了。

夏晓云:我不回去。

钱春花:以前你回娘家,他头天不来第二天准来接你,这都十来天了。你还等着人家八抬大轿抬你回去啊!

夏晓云:没想到他发起脾气来,比我还厉害。

钱春花:你也是太过分,志高是个好孩子,你真是把哑巴都逼得说话了。回家吧,好好过日子,生个孩子,就好了。

夏晓云:(喝完最后一口豆浆)妈,我不想给李志高生孩子。

钱春花:为什么?

夏晓云:李志高虽然有钱,但是抽烟喝酒品位低下,我根本就不爱他。

钱春花:得,真让人家说着了。

夏晓云:当初您觉得追我的人里他最合适,我就嫁了。我也觉得嫁个爱我的人,没有公婆,还有钱,不是挺好的吗?可我们结婚 5 年了,还是没的聊,我喜欢旅游、听音乐会看画展,可他呢,就知道装修那点事儿,成天就是油漆、铜管、暖气片,太庸俗了。

钱春花:这些当初你结婚的时候就该想明白。既然结婚了,就别拿没有共同语言当借口。

夏晓云:我担心以后生出的孩子不幸福,就像我和姐姐一样。您和爸爸天天吵架,您嘴里就没说过爸爸一句好话,所以他走的时候,您甚至都没哭。都说原生家庭对子女的择偶观有决定性影响,我以前不信,觉得我喜欢什么人和我爸妈有什么关系?现在我深信不疑。我和李志高的婚姻本质上和您和爸爸一样的,都是没有感情基础的婚姻,应该早点结束。

钱春花:你怎么这么不孝顺!我已经给你选了最好的丈夫,你用了5年时间都没培养出感情来,把责任都推给别人,离婚是儿戏吗?说离就离?

夏晓云:难道为了孝顺,为了让您高兴,就要牺牲一辈子的幸福吗?我牺牲自己不幸福还不够,还要赔上第三代吗?您觉得我和李志高这种情况,生出的孩子会幸福吗?

【钱春花哑口无言。

夏晓云:我现在就给他打电话,趁早说清楚。(拿出手机)喂,志高,是我。我们抽时间去把手续办了吧——你那边怎么那么吵?怎么了?什么?你说什么?

……(愣住了)

钱春花:这是怎么了?

夏晓云:志高的公司出事了。

【收光。

第八场

【起光。

【当天夜里。

【夏小阳和夏晓云睡不着,在院里的葡萄架下聊
天。

夏小阳:唉……

夏晓云:唉……姐,我从小就不喜欢咱们这条胡
同,死胡同,此路不通,所以办什么事都不顺。

夏小阳:志高公司出事了,这个时候,你还要和
他离婚吗?

夏晓云:我也觉得这个时候离开他好像不合适,
可是……日子实在过不下去了。

夏小阳:你说人是不是不管怎么选择,都会后

悔,不管你怎么努力,都会不幸福?就好像咱俩小时候最爱玩的打手板儿一样。

【夏小阳伸出手,手心向下。晓云伸出手,手心向上。晓云虚晃几下,小阳小心翼翼地闪躲。晓云忽然翻过手,一把打在小阳的手背上。

夏小阳:每次都输给你。不管我是打手的还是挨打的,永远都会输。

夏晓云:这种游戏哪有输赢,打着你我也很疼的好不好。

夏小阳:还是小时候好,没那么多烦恼。

夏晓云:小时候的夏天,咱们就坐在院子里乘凉,爸给咱们扇扇子,讲故事。

夏小阳:你去偷冰柜里的冰棍儿,吃得就剩一丢丢儿了,让我舔一下,结果被妈抓个正着,给我一顿揍。

夏晓云:(笑)你从来都不告发我,妈怎么打你,你都忍着。

夏小阳:可能是从小挨骂挨惯了,不管她怎么说我,我都不敢回嘴。就像当年我考上了大学,妈不让去,说家里没钱供两个大学生,让我把机会留给你,我哭了一宿,但还是没敢和她争论,就默默去了职高。

夏晓云:你怎么从来没说起过?

夏小阳:说有什么用。

夏晓云:我不知道你当年考上大学了,我一直以为是你学习不好。妈是这么告诉我的。

夏小阳:好在你争气,不光考上了大学,还上了研究生。

夏晓云:那有什么用,不照样是家庭妇女,成天被逼着生孩子。

夏小阳:妈还是最爱你,在我印象里,她看到你总是笑嘻嘻的,很少说你,对我呢,从来就没好脸色。她心里就没有我。

夏晓云:妈心里当然有你,妈经常要求李志高给你找一份更好的工作,但是李志高的公司都是水电工、泥瓦工,也没有你适合的工作。妈是个好人,可她嘴巴太毒,太强势。

夏小阳:妈和你说过吗?我到底是不是亲生的?我从三四岁就开始怀疑我不是亲生的了。

夏晓云:当然是亲生的,不然爸也不干啊。

夏小阳:妈到底为什么这么讨厌我,我到死都想不明白。

夏晓云:我猜,可能是因为妈未婚先育有了你,街坊四邻传得很难听,她觉得没面子,才迁怒你吧。

夏小阳:我发现我活了三十几年,都在努力想让妈认可我。但事实证明,这是一个不可能完成的任务。父母对孩子的爱从来都不是平等的。

夏晓云:当然。我还很羡慕爸爸偏疼你呢。那时候,爸偶尔会拿回来橘子瓣糖,每次你的都比我多。

夏小阳:得了,咱俩的糖一样多,是你吃得太快,所以才觉得我的多!

夏晓云:姐,是不是咱俩都不够优秀,所以妈才那么紧张、那么不安,才变得刻薄。她这辈子太苦了,幼年丧母,中年丧夫,她年轻的时候可是这一片最漂亮的姑娘。

夏小阳:妈妈的确很苦,她根本不爱爸爸,爸爸喝了酒还经常打她。

夏晓云:所以,我从小就很恐惧婚姻,我觉得这是种很残酷的社会形态,两个不完全认识的人,忽然生活在一起。好的坏的,高兴悲伤都得一起面对,太可怕了。其实我不想给志高生孩子,也不全是因为没有共同语言,妈总说要给我们带孩子,可你想想,咱们小时候快乐吗?反正我总是很紧张,生怕哪里做的不好,爸妈就打架,我到现在都记得,爸拽着妈妈的头发往墙上撞,妈的头都破了,她硬是不哭,咬着后槽牙,使劲瞪着爸。那眼神太可怕了,在她心里,一定用眼神把爸砍死几百次了。我很害怕,我的孩子在不幸福的家庭关系中承受这种痛苦。

夏小阳:你够幸运了,你没吃过什么苦。你看看我。唉……

　　夏晓云:唉……

　　【这时,钱春花回来了,拿着一个小箱子。她把箱子扔在夏小阳面前。

　　夏小阳:这是?

　　钱春花:信,你自己看吧。

　　【夏小阳拆信,看了一封就开始掉眼泪。

　　夏小阳:王轩的信! 果然是您藏起来了! 为什么当时不给我!

　　钱春花:我没藏这些个烂信。

　　夏小阳:骗人! 那这些信从哪儿来的? 你就这么讨厌我吗! 你毁了我一辈子的幸福! 有你这样的妈吗! 我做错了什么,你可以打我骂我,为什么要毁了我的幸福!

　　钱春花:你嚷嚷什么! 谁毁你的幸福了! 当年王轩的信就没寄到咱家来!

　　【夏小阳和夏晓云面面相觑。

　　钱春花:他把信寄给了隔壁赵家。几个月以后我和你赵阿姨聊天才知道这件事。她说天天有不认识的人往她家写信,你们大概是怕我发现,还写了假名字。他叫黄武,管你叫冬秋。哼,赵老太太就是个糊涂车子,她知道个屁。一个连心爱的女人家门牌号都记不准的男人,靠不住,所以我没告诉你。

夏小阳:您为什么把这些信留着?为什么不烧掉?

钱春花:我也不知道。可能我也是个糊涂车子,我会生不会养,管不好自己的孩子,一个撅着蹦儿恨我,一个蔫儿有主意成天应付我。

夏晓云:妈……

钱春花:我也老了,不管你们是要结婚还是离婚,以后我都不管了。

【钱春花转身走了。

【夏小阳看着盒子里的信,异常烦乱,把手里的信重重扔在地上。

【暗转。

【黑暗中隐约可见,姐们俩的屋子灯亮了一夜。

第九场

【三天后的早上。

【晨曦从小卖部的窗口透进来，屋里光线柔和，一室温暖。

【小厨房传来煎荷包蛋的声音。

【夏晓云咳嗽了几声，跑进来。

夏晓云：咳咳！呛死我了！油烟也太大了！

夏小阳：（端着鸡蛋进来）煎荷包蛋哪有什么油烟，你最爱吃的那些菜，油烟才叫大。

夏晓云：姐，我要喝水。

夏小阳：（拿暖壶，正要倒水，发现小卖部的桌子上有两杯水）喝吧。

夏晓云：烫不烫？

夏小阳:肯定不烫也不凉。

夏晓云:(喝水)还真是。

夏小阳:妈晾的。

夏晓云:妈干什么去了？她不吃早点吗？

夏小阳:妈去上货了。

夏晓云:嘴上说不管了,还给我们晾水喝。姐,咱们怎么办？妈好像真的生气了。

夏小阳:唉,有很多话,就算是亲人也不能挑明了。真说出来,太伤感情。妈不待见我,我给她道歉也没有用,你就不一样了。你嘴甜,一会儿给妈道个歉,这事儿也就过去了。

夏晓云:唉,一会儿李志高还得来咱们家,等我先把和他的事解决了,再给妈道歉吧。

夏小阳:他的公司都完了,这时候,你要是再和他离婚……晓云,志高是个好男人,他对你不错。

夏晓云:可我始终还是觉得缺了点什么。姐,他对我太好了。我压力很大,我不能有什么不完美的地方,如果有,他就会很失望。你知道胡因梦吗？

夏小阳:不知道。谁啊？

夏晓云:一个台湾的女明星,年轻的时候号称台湾第一美女,想娶她的人多得数不清。后来她嫁给了作家李敖,就是写《法源寺》的那个。才子佳人,他们的婚姻在外人堪称完美。可后来,她们结婚不到四个月就离婚了,你猜原因是什么?

夏小阳:是什么?

夏晓云:有一次,李敖急着上厕所,发现胡因梦在便秘,他接受不了荧幕上光鲜亮丽的仙女老婆坠入凡尘,接受不了她便秘,就提出离婚了。

夏小阳:这不是吃饱了撑的吗。

夏晓云:我在李志高面前就是这样,必须全副武装,我很怕他发现我的不完美。我活得很累。

【李志高拉着行李丧眉搭眼走进来。晓云瞥他一眼,兀自收拾起碗筷,走向厨房。

夏小阳:还是我去刷碗吧。

夏晓云:姐,我也该走下神坛了。我就是个家庭妇女。

【夏晓云走到了门口,李志高急忙闪开。晓云走进厨房。

夏小阳:进来吧。

【李志高拉着行李进来,站在屋里不敢动。

夏小阳:坐吧。

【李志高顺从地坐下。

夏小阳:公司怎么样了。

李志高:全完了。

夏小阳:怎么这么突然?

李志高:一个高档小区的活儿,国庆节的时候,工人赶工期,防水没做好。结果把楼下那家的地毯泡了。

夏小阳:那也不至于——

李志高:人家的地毯是啥意大利进口的,拿出发票一看,108万!

夏小阳:啊?!

【厨房传来打碎碗的声音。

夏小阳:没事儿吧?

【晓云在厨房回应:"没事儿!我能搞定!"

夏小阳:你看,你媳妇儿还是关心你的。

李志高:姐,我错了,我不想离婚,我也不逼晓云生孩子了!

夏小阳:这话你得和她说,晓云是刀子嘴豆腐心,不管她怎么对你,你都暂时忍一忍。

李志高:我忍着,我啥也不说。

夏小阳:晓云肯让你回来住就是好兆头,这么多年的夫妻,她不会在危难时刻不管你。

李志高:可……大姐,就算晓云原谅了我,上次我把咱妈也气着了,老太太那关怎么过?

夏小阳:唉,我也因为这个头疼呢。

【有人敲小窗户。

【夏小阳立刻高兴地跑过去,打开小窗户。

夏小阳:进来!

李志高:谁啊?

夏小阳:你姐夫。

【王轩走进来。

夏小阳:王轩,这是晓云的爱人,李志高。志高,这是你未来的姐夫,王轩。

李志高:姐夫!

王轩:妹夫!

夏小阳:你俩倒是挺亲热,和真事儿似的。

【夏晓云进来,举着手。

夏晓云:姐!姐!

夏小阳:怎么了?

李志高:流血了!(赶紧冲上去)快坐下!

夏小阳:嗨,手破了坐下有什么用,我给你拿创可贴去。

【夏小阳拉着王轩进院子,王轩识趣地跟在后面。

【夏晓云别扭地不肯理李志高。

李志高:老婆!老婆!你别生气!都是我的错!

夏晓云：你别理我，你不是有骨气吗？

李志高：没有，没有骨气。

夏晓云：你不是要和我离婚吗？等你公司的事儿过去了，咱们就离。你找个愿意给你生孩子的去。

李志高：老婆，我现在什么都没有了，我就剩下你了。你可不能不要我……（哭）

夏晓云：别哭啊！哎哟！你看看你！这么大个儿的男人，哭什么哭！憋回去！

李志高：我不哭，我不哭。老婆，我是个混蛋，我不懂事，可我知道你对我好，我也对你好，咱们是有感情的。每次我喝多了，你都给我沏蜂蜜水喝，你还给我买衣服，咱们不离婚行吗？你不想生孩子就不生，我有你就行，我拿你当闺女养！

夏晓云：（笑了）没正形儿，懒得理你。

【夏小阳带着王轩进来。

夏小阳：（给晓云贴创可贴）我就知道你得刺破手。照你这么刷碗，用不了一星期，咱们就得拿盘子吃饭了。

李志高：疼不疼啊？

夏晓云：行啦，不就是个小口子吗。没那么邪乎。

夏小阳：商量商量吧，一会儿妈回来，咱们怎么办。

李志高:我全听晓云的。

夏晓云：我也没什么好办法，就死皮赖脸道歉呗。

王轩:你们的问题好解决,我怎么办？钱婶看见我就烦,可没有她认可,我和小阳也过不踏实。

夏小阳:再说了,户口本让妈锁起来了,我想偷偷登记都登不了。

夏晓云:妈可是软硬都不吃。

李志高:那就软的硬的一起来,我觉得妈挺好说话的。

夏晓云:哼,上次你把我妈都气炸了,一会儿说不定得要拿笤帚给你打出去！

李志高:要不咱们先去给妈买点东西吧?

夏小阳:我妈可不吃这套,你送座金山也不好使。

王轩:不然,叫我爸妈来说说情?

夏晓云:算了,我妈最烦你爸你妈,满胡同说你们家没好人,你就别扩大矛盾了。

王轩:我爸妈怎么了?! 谁不是好人了！

夏小阳:王轩! 你别捣乱,现在不是窝里斗的时候。

【四个人七嘴八舌,屋里乱糟糟。

【忽然,小阳不说话了。大家立刻看向门口。

【钱春花回来了。她看看屋里,冷哼一声,兀自走到小窗口前面。

【四个人互相使眼色,都希望别人先说话,推推搡搡,谁也不敢第一个道歉。

【李志高把心一横,拉着晓云冲出去,跪在钱春花面前。

李志高:妈! 志高给您磕头! 您大人不记小人过! 别和我们计较!

夏晓云:妈,我们不离婚了。

【李志高拉着晓云一个劲儿磕头。

钱春花:行了,起来吧! 和磕头虫儿似的,晃得我眼晕。

【李志高和晓云起身,嘿嘿地傻笑着。

李志高:妈,晓云说了,我们好好过日子。早点给您生个大胖孙子。

钱春花:别,可不是给我生的。我自己的孩子都管不好,孙子就更管不好了。

李志高:妈,您得管,有您在,我们永远都是孩子,都有人疼!

钱春花:(有些感动,拘着理仍旧面无表情)行了,好好过日子,要是再提离婚,我打折你的腿!

李志高:唉! 打折! 全打折!

【夏晓云给小阳使眼色,小阳看看王轩。

【王轩把心一横,正要"照方抓药"。

【钱春花伸手一拦。

钱春花:别。志高是我女婿,跪我应当应分。你的礼我可受不起。

夏小阳:妈,我想和王轩结婚,希望您能祝福我们。

钱春花:哼,拦得了一时拦不了一世。你爱嫁给谁就嫁给谁。

王轩:钱婶儿,我虽然没什么出息,但是我从小就喜欢小阳,我会对她好的,您放心。

钱春花:我是看着你长大的,你这人,人性不坏,但是没长性,脾气大,估计这辈子也就这样了。但是如果小阳要嫁你,我不反对,反正不管过好过坏,你们自己受着。

夏小阳:(憋闷)妈,您就不能祝福闺女一下吗?我要嫁人了,您就不能疼我一次吗?不管怎么说,我都是您的亲闺女,您就不能对我说些软乎话吗?哪怕就一次!(眼前冒金星,晕过去了)

王轩:(眼疾手快搂住小阳)小阳!你怎么了!

夏晓云:姐! 姐!

　　钱春花:(赶紧跑过来)别嚎了! 一个个儿的都是傻子! 赶紧上医院呀!

　　【王轩把小阳打横抱起来,一家人乱成一团,跑出院子去。
　　【收光。

第十场

【三个月后,腊月二十三的早上。

【钱春花穿着红色唐装,坐在小卖部的窗口卖东西。

【门外传来小阳的声音:"妈! 妈! "

【钱春花习惯性把桌子上的杯子盖打开。

【夏小阳走进来,肚子已经有些显怀,也习惯性地拿起水杯喝水。

钱春花:慢点喝! 又没人和你抢!

夏小阳:妈,中午吃什么啊?

钱春花:等李志高回来做,他买菜去了。

夏小阳:要不还是我做饭吧?

钱春花:得了吧,你不是闻不了油烟味吗,你再抱着灶台哇哇吐,大过年的,一家子都别吃饭了。

夏小阳:已经四个月了,好一点了。不像之前那么想吐了。

钱春花:那也得注意,你都 36 了,才生第一胎,这叫高龄产妇!你们家那位呢?怎么还让你成天往娘家跑?

夏小阳:哎哟,他们家就在胡同口,我不想往家跑都不行,离得太近了。

钱春花:他爸妈给你气受吗? 要是给你气受别忍着,我给你拔疮。

夏小阳:他爸妈对我挺好的。(满屋子找吃的,随手打开一包小卖部的辣花生吃)

钱春花:那就别老往娘家跑,让邻居们笑话!

夏小阳:爱说什么说去呗。

钱春花:你这婚结得太突然,那些嘴碎的本来就话多,你要是听见了也别往心里去,怀着孕要在意点,不要太勤快。多吃点酸的,别老吃辣花生。

夏小阳:为什么?

钱春花:馋丫头懒小子! 酸儿辣女!

夏小阳:王轩喜欢女孩,生个女儿正好。女儿多贴心!

钱春花:贴心? 扎心吧! 女儿都是冤家! 我就是造了八辈子孽,才有你们这俩倒霉丫头。

【夏晓云睡眼惺忪走进来。

夏晓云:姐,你来了。

夏小阳:你怎么才起床?

夏晓云:不知道,这几天老是睡不醒。妈,我要吃柿子。

钱春花:吃吃吃,你这么吃非得把粮店都吃空了。

夏晓云:您不是说了吗,我想吃就是孩子想吃。

钱春花:祖宗,我给你拿去!(出去拿柿子)

夏晓云:(躺在沙发上)浑身没劲,真烦人,怀孕怎么这么麻烦。

夏小阳:你才怀孕,后面难受的时候多了。

夏晓云:姐,我要吃你做的是柿子椒炒肉片,李志高炒菜老不放盐,一点都不好吃。

夏小阳:好! 我一会儿给你炒!

夏晓云:姐,我昨晚忽然想到一个问题。

夏小阳:什么?

夏晓云:我得生个儿子。

夏小阳:这可不像你,你不是最烦别人重男轻女吗?

夏晓云:不是! 都说儿子像妈,女儿像爸! 你看李志高那长相! 女儿要是像他就惨了,肯定不好嫁人,还是像我好。

钱春花:(走进来)谁说闺女一定像爹,你就长得像我。就看你会生不会生。

【夏晓云慵懒地吃着柿子。

【夏小阳收拾着屋子,忙忙碌碌。

钱春花:你怎么闲不住啊? 你老老实实待会儿行不行?

夏小阳:妈,我干活干惯了。

钱春花:和我一样,受累的脑袋! 晓云,你看你姐姐,多勤快,看看你,这么懒。

夏晓云:您不是说懒小子吗? 我懒点儿好。

钱春花:这李志高上哪儿买菜去了? 去天津卫了吧! 给他打手机! 叫他麻利点!

夏晓云:我给他发信息了,他说马上就回来。

钱春花:还有你们家那位! 找的是什么工作啊!天天回来都三更半夜的!

夏小阳:不是和您说了吗,他在酒店的监控室工作,每周三个夜班。

钱春花:什么破工作,赶紧换一个,以后你要是生了,他天天夜班算怎么档子事?

夏小阳:不是有您照顾我吗。

钱春花:我还能照顾你们一辈子啊!

夏小阳:行了,妈,大过年的咱们不拌嘴。

【母女三人吵吵闹闹,早已没有了当初的火气和
怨怼。

【早起的阳光照得屋里一片金色。

【轻柔的音乐。

【全剧完。

心的深渊

——话剧《手心手背》编剧阐述

王甦

　　我喜欢写情感戏,以往写青春、校园题材的戏多一些。这些年,我和朋友们聊天时发现,多数人在婚恋生活中的不幸和挫折都或多或少在重复父母的婚姻模式。父母的婚恋观和相处模式,对子女有深远的影响。还有很多朋友,刚刚结婚时很幸福,一旦有了孩子就有了矛盾,爱情褪色后,柴米油盐的考验和教育孩子的巨大分歧,使得许多脆弱的爱情瞬间瓦解。生育孩子也是考验婚姻和爱情幸福度的重要指数。由此,我想写这样一出戏,探讨一下上述问题。

　　书籍文章里,有太多赞美母爱的名人名言。母亲是无私、高尚、伟大的,没有母亲,我们都不会来到人间。但当我看到巴尔扎克的一句名言——"母亲的心是一个深渊,在它的最深处你总会得到宽恕",心里隐约有了些触动。是的,不管我们犯多严重的错误,母亲都会原谅你,但前提是,你必须坠落,坠落到她的心里。一个不同寻常,不和蔼,也不亲切的母亲形象,在我心中诞生了。

《手心手背》写的是关于母爱的故事,准确地说,是母亲的偏爱。故事发生在 2009 年,那是一个没有微信的年代,那时人们有了矛盾,还会面对面沟通解决问题。网络和信息化尚未对家庭关系造成重大冲击。人们还习惯吃饭时聊聊一天的经历,邻居家的八卦,不会死死盯着手机看个没完。

戏中塑造了钱春花这样一位与众不同的母亲。她看起来刻薄刁钻、得理不饶人,谁都看不上,谁都瞧不起,总是一下就把话说到别人最痛处,有些不讨人喜欢。其实有许多中老年妇女,都不太招人喜欢,她们对社会和年轻人好像天生怀有敌意,看什么都不顺眼。钱春花更加特殊一些,她的生活很不幸,幼年丧母,年轻漂亮的她在比较守旧的年代没有得到所有女人都渴望的爱情,不得不嫁给一个酗酒、打老婆还很丑陋的"赖汉",连带着也不喜欢大女儿,继而偏爱小女儿,因为小女儿漂亮,很像年轻时候的自己。

钱春花绝不是个恶毒的女人,她只是心有不甘。她年轻时那样漂亮,渴望至死不渝的爱情,最终却变成了一个家庭妇女，还要忍受邻居的指指点点和闲言碎语。她失去了爱情、尊严、幸福，怎能不恨？父母都是希望在子女身上修正自己曾犯过的错误，然而这样的强迫往往会给子女造成终生的伤害和心理阴影。她很希望在女儿身上修正自己的不幸，但她的偏执给两个孩子都造成了难以弥合的伤害。

罗曼·罗兰说，"母爱是一种巨大的火焰。"

这熊熊烈火可以照亮黑暗的前路，也会灼伤脆弱的心，把所有爱燃烧成灰烬。

大女儿夏小阳是不被祝福的孩子，她是钱春花不幸一生的开始。如果钱春花当年放弃这个孩子，她还有可能重新开始，选择不一样的人生。尽管她非常不想生下这个"冤孽"，最终还是把孩子带到了人世间，但她无法控制自己对大女儿的厌恶。也许有人会说，怎么会有母亲那样强烈地反感亲生骨肉呢？当然有。《郑伯克段于鄢》中，庄公和共叔段同样是姜氏之子，"庄公寤生，惊姜氏，故名曰'寤生'，遂恶之。爱共叔段……"历史上，因为各种原因偏爱子女的故事并不鲜见。大女儿活得小心翼翼，随时随地揣摩母亲的心思，努力地讨好，可钱春花就是不领情。不是钱春花多么讨厌她，人和人的相处模式是有惯性的。钱春花习惯了贬低、挤兑大女儿，大女儿也习惯了被母亲和妹妹欺负。

二女儿夏晓云看起来很得母亲宠爱，但她也过得不开心。她很聪明，早早就习惯了母亲的强势，早早放弃了反抗，处处顺着母亲的心意。但她心里的伤痛一直存在，对婚姻的不信任，对母亲的惧怕一直伴随着她的婚姻。她不愿意为丈夫生孩子，怕疼怕身材变形只是借口，她并不爱母亲选择的"模范丈夫"，她只是接受了母亲安排的人生，她知道自己无力反抗。毕竟，姐姐一直在反抗，一直在试图得到母亲的认可，但从未成功过。她又何必重复这一切？

剧中的两段爱情，也都或多或少重复着钱春花的青春。大女儿深爱着青梅竹马的王轩，但由于母亲反对，两个人遗憾地错过了，大女儿为此付出了半生的等待。就像钱春花年轻时爱上曾经和她交换照片，誓言今生的爱人。她不愿意嫁人，一直苦苦地等待，即使嫁作他人妇，心里也在怀念这段感情吧。所幸，大女儿觉醒了，虽然有些迟，但她靠自己的努力赢得了爱情，也找回了和母亲更为合适的相处方式。二女儿嫁给了爱她的人，在母亲心里，那样才是完美的婚姻，但她并不快乐，封闭了自己的心，嫁给"模范丈夫"李志高十年，也不肯交出真心，抗拒李志高走进她的心。她不敢生孩子，生怕孩子重复她的不幸，尤其听到钱春花想帮自己带孩子，她就更加恐惧，自己的人生已经毁了，何必再搭上一个无辜的孩子。当她敢于把真实想法诉诸于口，她的人生也开启了新篇章。

我想说，一个人的人生不是父母的续集，不是爱人的番外篇，不是子女的前史，人，应该有自己的人生。但我们谁的生活能脱离父母和子女呢？家人和爱人注定要相互影响。而家长的偏爱，对子女性格形成乃至一生的深远影响。在中国这个"百善孝为先"的国家，忤逆可以算作不赦的大罪了。环顾身边，现在有太多人饱受压力，被逼婚，被催着生孩子，这些压力都来自爱我们的家人。"都是为你好""我们不会害你"……这些话，我们听得太多。结婚还是保持独身，什么时候结婚，生育还是丁克，什么时候生孩子，生几个孩子……难道不是自己的事吗？我们到底为什么结婚？为什么生孩子？难道不是为了爱，为了成长吗？多少人在顺从中丧失了自我，放弃了反抗。当代年轻人安全感的缺失、婚姻观的混乱、教育孩子的失败，都和上一辈人的教育和引导息息相关。我并不是要鼓动年轻人和家人对着干，只是一味顺从绝非正路。家人之间要沟通，要敢于表达所思所想，父母的安排，你不满意，又不肯说，憋在心里，多年以后，当你过得不幸福，指责父母当初如何如何的时候，为什么不反思一下，如果当时告诉父母，你不想去留学、不想嫁给相亲对象、不想那么早生孩子，父母怎么可能不体谅你呢? 就像剧中的两个女儿,终于开始反抗母亲时,生活,反而回到了正轨。

这是一出内心情感戏非常复杂和细腻的作品,意在诠释人物心理细微变化。我相信这是一出对观众内心有触动的戏,不需要夸张离奇的故事情节,只要安安静静讲好母女三人的故事就足够了。剧中的台词基本为北京话,有很多北京南城人民的土语和俏皮话,我希望人物张口说出的是"话",而不是"台词"。

也许有人不解,为什么剧名叫《手心手背》呢? "手心手背都是肉"出自越剧《碧玉簪》,原本的意思是孩子和媳妇都是宝贝肉,就像手心和手背,难以割舍,后来引申为两样东西或两个人都很重要。"手心手背"还是一个孩子们常玩的游戏,也叫"打手板儿",剧中,大女儿和小女儿童年经常玩这个游戏,甲的手心向上,乙手心向下,轻轻搭在甲的手上,两个人互相试探,看甲能不能迅速打到乙的手背。就算甲打到了乙的手,赢得了比赛,甲的手也会疼。这是一个注定要疼痛的游戏。多像母女关系和姐妹关系,永远在试探,不管谁打了谁,只要参与游戏,都一样疼。

胡同深处

北京童艺艺术剧院　演出

监　制：何楠
策　划：马航、于金龙、黄玉玲
制作人：王茜
支持单位：北京市东城区文化委员会
北京市东城区文化艺术界联合会
北京市东城区东四街道工委·办事处

编　剧：付玲
导　演：云峰
舞美设计：周建生
灯光设计：刘皓
服装设计：姜禹趄
化妆设计：宋伊趄
效果设计：于金龙
舞台监督：杨晓伟

菊隐剧场

4月24日 - 4月29日

《胡同深处》剧照

《胡同深处》剧照
▼

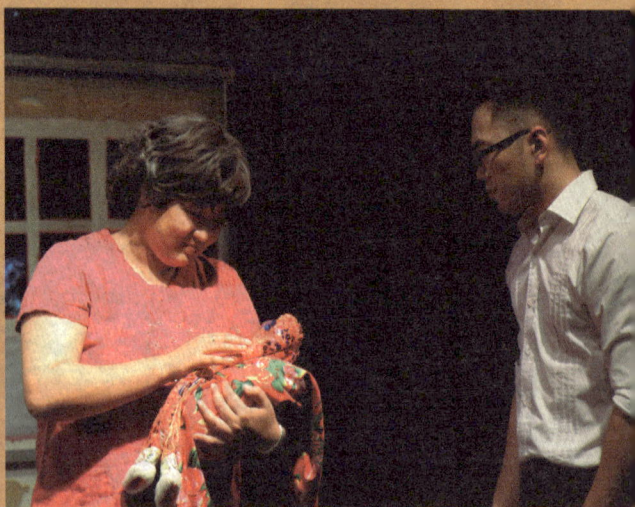

《胡同深处》剧照

《胡同深处》剧照

【京味话剧】

胡同深处

The depths of the Hutong

傅玲

作者简介

　　傅玲,中国儿童艺术剧院国家一级编剧。中国作家协会会员、中国戏剧家协会会员。主要作品:话剧《北京郊居》《胡同深处》《枪声》《童年》等。

第一场

【幕启。大院门前,一侧是胡同口。上午九点多钟,上班高峰期已过,刘根儿紧贴了院墙的"京味烤冷面"摊儿仍生意不断,他麻利娴熟地忙活着。

【陈顺子提溜着个收音机,正围着刘根儿的摊位"检查指导"。收音机里是单田芳播讲的评书:人分三六九等,木分花梨紫檀。这话是一点都不假呀。有的人生来兢兢业业的工作,造福社会,助人为乐,也有的人坑蒙拐骗偷……

陈顺子:刘儿,这卫生咱可不能含糊,抹布多备几块,得分清里外……

刘根儿:(打趣地)我说陈叔,您这是房东啊,还是城管环卫的领导啊?

陈顺子:房东怎么着,这可是东城,东城房东那么好当啊！再说了,我们租房不假,可没让你们摆摊糟践这胡同的环境……

刘根儿:我这儿不做买卖挣钱,怎么付您房租啊?

陈顺子:钱,谁都爱,可是北京人更爱面子,这环境就是我们东城老北京人的面子,嘿,任嘛不顾,光奔着钱去的,那可不是我们北京人,甭说是你,就是亲侄儿亲外甥,坏了规矩,我照样不答应!(严肃的)不开玩笑,收摊之后,这地面你得归置干净喽,鸡子壳子都不能落下一块儿……

【陈顺子蹲坐在门前攒花上马石上,与刘根儿拉着话,时不时猫腰拎起脚边硕大的茶缸,咂上一口,冲着暖阳眯缝起眼睛品味,很受用的样子。

刘根儿:(讨好地)陈叔,我这饼,您到现在还没尝过呢!

陈顺子:我不尝,面里头搁鸡子儿,刷上酱,这不就是剽窃姆们的煎饼果子吗? 还京味儿……老北京没这味儿嘿!

刘根儿:这怎么能是剽窃,这叫兼容并包,五谷杂面加新鲜蔬菜,绝对的绿色健康新北京味儿!

【袁大妈端着个小盆从院里出来。

袁大妈:小刘儿,我那份得了吗?

刘根儿:这就给您装盒了……

袁大妈:甭介了,(伸盆过去)弄那些个塑料盒子不环保！

陈顺子：我说，您一天跟家闲着，也买着吃？

袁大妈：什么叫闲着，我忙着呢？一早上我就奔公园练拳练剑练跳舞，回来还得健身按摩……紧张着呢！我吃小刘儿一五谷烤冷面营养能量我全补充回来了！

刘根儿：多谢袁大妈捧场！这胡同的大叔大妈就是我刘根儿的衣食父母！

陈顺子：你小子别贫哈，怎么着，你那面里还真搁了五样？

刘根儿：必须的！为这，我可把五谷煎饼果子吃透了，这五谷有讲究……

袁大妈：那可不是，五谷那是样样入了《黄帝内经》的。

刘根儿：袁大妈，我这五谷不是你说的"四体不勤，五谷不分"那个，我是新五谷，白面、荞麦面、绿豆面、黄豆面、玉米面……先说荞麦，降血脂降胆固醇、软化血管、保护视力、预防脑血管出血；绿豆解毒，不管你是铅中毒、粉中毒、酒精中毒还是吃错了药，哪怕是电磁辐射和呼了一肚子雾霾可吸入颗粒物，全管事；玉米里的……

陈顺子：得得，打住！感情吃你这么一面皮儿，医院都甭上了！

袁大妈：顺子，你这人吧认死理儿，脑瓜儿不如我老太太！（进院）

刘根儿：陈叔，我这东北烤冷面既然打进了北京胡同，又压倒了煎饼果子，就因为俺们有改革有创新……就是外地小吃京味儿化。

陈顺子：哼，老北京可不吃你这一套，这面里头加菜码，不如品京味楼的炸酱面……

刘根儿：赶明儿我合计合计这炸酱面的配料，也整我这面皮儿里……

陈顺子：（不悦）歇了吧你，北京人吃面，就得坐那儿四平八稳地吃，瞧那菜码色色样样的款儿，听那碗碗碟碟磕出的响儿。你模仿的了吗？还有姆们的满汉全席……

刘根儿：（沉浸于自己的设想里）只要有市场，别说炸酱烤冷面，就是满汉全席，俺们也能整到这一块饼上！

陈顺子：（正呷一口茶，听了刘根儿的话全喷自己身上了）我呸！小刘，你可真敢说啊，得，我还得回屋换衣服去……（提茶缸子进院）

【王宝昌一边打着手机一边盘着核桃，从胡同深处晃过来。

王宝昌：甭管您是磨件儿还是挖珠儿，小叶紫檀，金星高密黑筋纹，老房梁子料，我可是按两收的，

怎么着也得一两一千！成不成您掂兑！（收线）

【刘根儿注意地听着，讨好地打招呼。

刘根儿：王叔儿，吃了吗？

王宝昌：（一种优越感，纠正）北京人那得是过了晌才问'吃了吗'，不懂别瞎问啊！露怯！

陈顺子：（折返回来，替刘根儿说话）怎么就是瞎问了，他一卖吃的不问人家吃了吗，他站那儿干吗呢！这叫干什么吆喝什么，知道吗？

王宝昌：得了，那我也吆喝了，顺子，你家有旧物、老古董卖吗？（看陈顺子身上）唉呦，您这里外都喝水，讲究！

陈顺子：可惜了我那明前龙井了……

王宝昌：（凑近陈顺子）我看你这是明前高末还差不多！

陈顺子：（躲闪，羞恼）去去去，甭跟我耳朵边搓你那俩大坚果，影得慌！留神我哪天砸开吃喽！

王宝昌：（叫板）得，你敢吃了它，这辈子就算是欠了大饥荒了！我这可是正宗闷尖狮子头，45 的。

陈顺子：说真格的宝昌，我觉着你特不适合玩这种圆滚滚的大核桃。

王宝昌：那您说我玩什么？

陈顺子：弄俩大丝瓜揉着，倍儿显瘦！

王宝昌：去你的！

陈顺子：唉，我说，你没事不跟古玩店里待着，跑我们胡同瞎转悠什么？

王宝昌：(神秘兮兮地，手指比画着数钱)这片要拆迁了，知道吗？我来收你家房上的梁子！保你有赚头！

陈顺子：我们这院可是老宅子，我把房梁掀给你，我违法！

王宝昌：这片早晚得拆迁，你怕什么？

陈顺子：拆敢情好，我也想住住楼房，宽透宽透，这房都老掉渣儿了……可早晚是多早晚啊，说了好些年了，不也没拆吗……

王宝昌：内部消息啊，这回可是真拆！我说顺子，你们这房可不能嫌老，东城早年间是住过大官的，越老越好啊，所以那房梁子不是酸枝也是花梨，一两一百块钱，我挣个跑腿费！

刘根儿：(气不忿地)陈叔，我这耳朵最近老不好使了，一听数就差，一两一千块钱，我听差没?!

王宝昌：你那耳朵不是不好使，是该剁了喂狗吃！

陈顺子：(转移话题)宝昌，宝昌我这有别的货，请你这行家给瞅瞅值钱不值？

王宝昌：(眼一瞪，来了精神)怎么着，还真有？

陈顺子：有什么呀？

王宝昌：(急中说漏了嘴)你们这院据说是伦贝子住过的！这伦贝子旧居藏着宝，闹了归齐在你手里？

陈顺子:我这是自己的不是贝子爷的……

王宝昌:(神秘)贝子爷的到了你手里,就是你的!

陈顺子:(申辩)宝昌,这玩笑可开不得……(欲进院取货)你等着……(刚转身又折回来)刘儿,那石头都搁你那屋……

刘根儿:门没锁,您进去拿吧!

陈顺子:怪不合适的。

刘根儿:没事儿,我就一人,啥值钱的没有,啥事儿也不怕!

陈顺子:那我立马回来!(进院)

王宝昌:(靠到胡根摊前)我能让城管来掀了你这摊子,你信不信?

刘根儿:(掺和东北味的北京话)你丫别忽悠了,就你整那点儿猫腻,我都知道……(不服地)城管来了,指不定掀谁呢!

王宝昌:(一把揪了刘根儿的衣领)出来出来,跟老子斗狠?

刘根儿:(嘴硬,内心已经怯了)你想咋的……

王宝昌:抽你!

【刘根儿与王宝昌撕扯在了一起。

【叶师傅推自行车从院里出,车后座上捆着一摞北京地图、旅游手册,一只巴狗蹲坐在上面,随那车子的晃动而寻找着平衡,叶师傅猛地墩车,巴狗没防备从车上跌了下来。

　　叶师傅:(声音豁亮地吼了一嗓子)王宝昌,你不会是吃了人家的饼不给钱吧?!

　　王宝昌:(挣脱身子,变脸儿)哟,叶师傅,都说遛狗遛狗,您可倒好,狗骑您后头,谁遛谁呢?

　　叶师傅:(反感地指责)唉,没辙,总有那么一些狗仗人势的!我说宝昌,你欺负一个外地人不嫌寒碜?

　　王宝昌:(气恼)不介,我欺负一个摆地摊儿挣小钱的北京人那才叫寒碜!

　　叶师傅:(显然是听多了此类非议,淡定地)哼,能蹲下身子抬起脑袋,摆摊挣钱,这是北京人的进步!一点儿都不寒碜!(对刘根儿)有我的包裹吗?

　　刘根儿:叶叔,这几天没收着呢,有了我一定告诉您!

　　叶师傅:好嘞,小刘儿,叫你费心了!(将狗重抱到车上)格格儿上车!

　　【王宝昌暂且放下刘根儿,晃到叶师傅面前。

　　王宝昌:我说老叶,您这一张地图多大的利?一块一张,一张挣五毛,一天卖100张,才50块……嗨,还不够吆喝的呢!

　　叶师傅:这犯不着你操心,我的嗓子眼儿长自个儿身上,累也累不着你!

　　王宝昌:(别有意味的,蛊惑地)都说咱们老北京,八旗子弟,那是卖房子卖地,倾家荡产也得活得自在体面,您好歹也是在旗的,可真是越活越抽抽儿……

叶师傅:别跟我提在旗的,我是长在红旗下,你趁早回去,没事别老跟我们这院儿五饥六瘦地瞎晃悠。

王宝昌:(立瞪眼)怎么说话呢?敢情我这点拨着您发财,倒落不是了!(听似不经意,实则旁敲侧击)谁不知道,您爷爷的爷爷就跟这院住了,翻房子刨地,捡着那贝子爷留下的东西拿一件出来,我也帮您赚个去韩国的路费钱,省得让闺女大老远的使饭盒子给您捎泡菜……

叶师傅:(有些沉不住气,指着王宝昌的手发抖)王宝昌,你……

王宝昌:怎么着?

刘根儿:(替叶师傅不平,插嘴)你怎知饭盒子里装的就是泡菜?

叶师傅:(厉声)小刘,你话忒密了,这儿没你什么事,甭跟着瞎掺和……(冲着王宝昌)你,滚——

【陈顺子抱着块红石头从院里出来,见门前这阵势,连忙放下石头,跑出来劝解。

陈顺子:哎哟,这怎么话说的,街里街坊的……叶大哥,叶大哥,您忙您的去吧,甭跟他置气!(又转对王宝昌)宝昌,你也是,做买卖谈生意讲究个自愿,强求不得⋯⋯

【王宝昌丢下众人,疾步走向陈顺子拿出的石头,扫兴地收回眼光。

【李芳卿与儿子高羽飞从院里向外走,与王宝昌打了个照面,李芳卿急忙拉着儿子退了回去。

叶师傅:王宝昌,我告诉你,姆们这院儿是有点子背景,可眼下就是一大杂院,经历了八国联军、军阀、日本鬼子,再加上文革破四旧,除了人是真的,剩下的任嘛没有了⋯⋯你就死了心吧!(蹬车下)

王宝昌:瘦死的骆驼比马大⋯⋯(欲走)

陈顺子:(抱起石头)哎,你给我瞅瞅这石头值多少钱?

王宝昌:(不屑地瞟一眼)就这?!哪儿来的?

陈顺子:上家房客生意赔了,拿这些个石头抵房租的⋯⋯

王宝昌:您自个知道这是什么吗?

陈顺子:说是鸡血石。

王宝昌:这么大?

陈顺子:好些块呢!

王宝昌:(冷笑)捂个十年二十年的,保不齐能升值!(头也不回下)

陈顺子:(一头雾水)得,搁着呗,也不吃草料,不

上税……（进院）

【李芳卿与儿子再次走到院门口。

李芳卿:有没落下什么?

高羽飞:(一拍脑门)好悬,差点忘了,手风琴!（返身往屋里跑)

李芳卿:书包帮你拿呀!(接过儿子的双肩包)今天不是做小品练习吗? 为啥要手风琴?

高羽飞:噢,我演拉琴的!

李芳卿:我到胡同口等你哈!(自语)这伢,倒是蛮聪明的……(出门)

刘根儿:(热情地打招呼)李姨,出去啊?

李芳卿:(打断儿子)小刘,蛮辛苦的!生意还好的吧!

刘根儿:(同是外地人,有一种自然的亲近)唉,咋说呢,姨,咱累不怕,就是觉着不合法,一天到晚提溜着心。老觉着外来的到人家地界上赚钱,人在低处,挨欺负,嗨,谁让咱没好好念书呢,比不了羽飞,上北京求学,前途无量!

李芳卿:哪有啥高头底下之分,你也不要看人家的面孔,不讲道理的人啥地方都有,刚开始创业没有不碰鼻头的!

刘根儿:(感激地)是,是……

李芳卿:你忙哈……(向胡同口走去)

【背着手风琴的高羽飞跑出院门。

刘根儿:羽飞兄弟,干哈(啥)去?演出啊?

高羽飞:不是,我上课去,今天是特长展示小品……

刘根儿:(羡慕)哎呀妈呀,这课名俺们都听不懂,老有意思了吧!

高羽飞:你们局外人或观众越是觉着轻松有趣的,演员表演起来就越难……

刘根儿:瞅瞅,我这兄弟可真出惜!

李芳卿:(喊儿子)高羽飞,别磨蹭了,要迟到了!

【高羽飞疾步赶上李芳卿。

李芳卿:(冷厉的口吻)上个辅导班有啥好显摆的,啥时候考取了再叫这弄堂里的人知道也不迟,考不上,在这天井里住着,姆妈和你都要难为情的。

高羽飞:妈,我晓得了。

李芳卿:这个辅导班每一秒的时光都宝贵,你知道吧……

高羽飞:妈,您怎么也说上北京话了,'你知道吧?'

李芳卿:(被儿子弄笑了,旋即又收敛)我的话,侬记牢了?

高羽飞:用有限的时间将老师无限地榨干!

李芳卿:有数就好,快走吧!(将双肩包给儿子背上)

高羽飞:好嘞!(欲下)

李芳卿:(若有所思地,掂量着用语)对了,向人家老师请教……别总盯着人家,稍微低下头,要谦恭……

高羽飞:(脚步滞顿,半晌)妈放心!(疾下)

【李芳卿失神地望向儿子消失的胡同,一时竟不知该做什么,去哪里。

【王宝昌不知从哪冒了出来,悄没声地走到了李芳卿身后,默默地审视着她,手里的核桃也停止了揉搓。

李芳卿:(返身时,猛地与王宝昌面对,吓了一跳)吓色得(吓死了)你!(欲走)

王宝昌:想要帮孩子,又不知哪盏儿下手,这就叫宁给人当牛马,不给人当爹妈!

李芳卿:(有些被触动)好像你也蛮有体会的……

王宝昌:我儿子在国外,那就一个营生,跟他老子要钱,先前儿打电话,那得嘘寒问暖白话两句,再扯到钱上;后来,发两条信息,一条客套,什么老爸生意忙吧? 注意身体……我正美呢,二条来了,要钱;现如今,嘿,甭废话,直接给账号……

李芳卿:他在读书? 很费钱的!

王宝昌:唉,我现在就是绑在碾子上的驴,想吃糠咽菜歇歇肠子,都没那福分喽! 睁开眼就是欠人家一屁股债的滋味……所以,一瞅见你,特别理解!

李芳卿:我们虽然在这院子里住了一段时间,可跟房东他们不怎么接触的。

王宝昌：(一笑)那事儿，我不过是跟你打听打听，没有人强求……倒是我一客户和你儿子专业贴边儿，兴许能帮上忙儿，我就想到你了！

李芳卿：你的客户？

王宝昌：那位老兄是导演，据说他也是哪个艺校毕业的,(始终观察着对方的神情)应该和里边的老师们挺熟的……

李芳卿：(克制而有所挽回的口吻)你真是有心了！

王宝昌：这不都有孩子吗！

李芳卿：还有几天就要面试了，那位导演要是能给我家儿子指点指点，一定好开窍的。

王宝昌：(见效果已有)那得等我忙过这阵子的，姆们儿子那儿也是个无底洞……

李芳卿：你给牵个线就好，我们也不能白白浪费人家的宝贵时间！

王宝昌：(为难地)妹子啊，不瞒你说，前些日子导演交给咱一差事，搜罗伦贝子爷的旧物，我这儿还任麻没得呢！

李芳卿：(想放弃,又不甘心)这院子里住着的，都是平平常常的人家,要有宝贝,谁不拿出来换钞票哇？

王宝昌:(神秘一笑,见好就收)得,今儿个不说这个了……

李芳卿:那就不麻烦了,我儿子正上着辅导班呢!谢谢啦……(再次欲离开)

王宝昌:(一字一顿,不紧不慢地)方才跟你儿子打了个照面,我细端量那眉眼,唉?

【李芳卿猛停住脚步。

王宝昌:小伙子盘儿靓,当不上演员,白瞎了……

李芳卿:(疑惧地望向王宝昌)你说什么?

王宝昌:(掏名片递给李芳卿)这是我的片子,有事给我打电话!

【李芳卿犹豫着,终于还是接了那名片。

王宝昌:只要是为了孩子的事儿,我随叫随到!(下)

李芳卿:(喃喃)为了孩子的事……(伫立在路口,再次不知该向何处去。

【切光。

第二场

【午后,光渐启在紧张急促的手风琴独奏《西班牙斗牛士》中。

【院内西厢,上下两层,琴声从一层母子二人的房中传出。

【院内东厢,靠北两间住陈顺子一家,靠南一间出租给了刘根儿。

【陈顺子此刻正在自家房上忙活着,掀砖揭瓦,探头探脑,他尽量放轻动作,以免引起别人的注意。

【陈越男从家里出来,一边哼哼着"斗牛士"的调儿,一边向西厢走。

陈顺子:(在房上大喝一声)不跟家复习,嘛去?

陈越男:(吓了一激灵)吓死我了,爸您怎么躲房上去了?

陈顺子：什么叫躲房上去了？我跟这检查漏不漏雨！

陈越男：爸，这大冬天的，哪来的雨？咱家下水道堵了，您怎么不管呀？

陈顺子：正因为下水堵了，我才怕房上漏，跟家里积水！

陈越男：快下来吧，回头再把房顶弄塌了……

陈顺子：就这破房子，我巴不得塌了呢，塌了换新房，我换换环境！

陈越男：得，您这是白日梦吧，我不跟您这斗秧子了……（欲走）

陈顺子：怎么就白日梦，这叫中国梦，老百姓也得有梦……我再说一遍，家去，听见没！

陈越男：爸，我这复读，不自杀，您甭总监视我！

陈顺子：（压低声）越男，我可告诉你，今年咱们再蹲班，和自杀也差不多……

陈越男：（指西厢）您怎么不向人家的家长学习啊！

陈顺子：一听那喘不上气儿来的调调儿你就五迷三道……甭给我往那儿跟前儿凑啊，上三本才是正道儿！

陈越男：谁说的，非得上大学，小刘哥没上大学，摆个摊儿也不少挣；（指西厢）袁奋哥倒上了大学，照样找不着媳妇!

陈顺子:你也想摊煎饼去是不是?不嫌跌份儿,趁早给我断了念想儿!

陈越男:爸,到您那儿不是左就是右,怎么总抬杠啊,咱俩有代沟儿啊,它可真不赖我!

陈顺子:屋里去,挺大个丫头连点儿上进心都没有……

陈越男:(自尊心受到伤害)爸,您这是说我呢,还是自嘲?您也不瞅瞅自个儿,一大老爷们也不出去找事干,吃祖上留下来的这点瓦片!

陈顺子:我吃瓦片怎么了,不偷不抢……

陈越男:我妈随医疗队援非,她一女的还奔事业呢!

陈顺子:嘿,甭跟我提她……闺女高考,当妈的不着家,她就疯去吧……

陈越男:我还跟您交底了,今年高考,我还是外甥点灯——照舅(照旧),考不上……大不了跟家待着!(头也不回径直向西厢)

陈顺子:你……站住!(见女儿不理,气得使劲砸房顶)这院,没法待了!环境忒差!毁人!(突然发现刘根儿的房顶有异样,猛地凿砖)

【刘根儿从屋里跑出来。

刘根儿:陈叔儿。

【陈顺子险些从房上栽下来，忙将房瓦扣回原处。

陈顺子：刘儿，这点儿你怎么还没出摊？

刘根儿：身上不太得劲儿，我寻思睡会觉再出摊，妈呀正做梦呢，啥玩意往脸上掉碴儿，吓一跳！

陈顺子：哎呀，这怎么话说的，我修房倒打断了你的白日梦了！

刘根儿：我有啥梦啊，我就想挣钱回老家给俺妈改善生活，供俺妹上大学……用帮忙吗，陈叔？

陈顺子：不用不用，我这就下去了……

【刘根儿扶陈顺子从梯子上下来。

刘根儿：叔，你不替房梁子了？

陈顺子：那个王宝昌太鸡贼，我就是有货也不给他……（发觉失言，急忙改口）话说回来，这房子，老得当亲爷爷侍候着，他还止不定哪儿闹毛病呢，我敢拆梁子？

刘根儿：陈叔，您啥时候住进来的？

陈顺子：我啥时候住进来的不重要，你该问那位清朝的伦贝子爷啥时候住进来的。

刘根儿：哎呀，清朝？最少也得一百多年了，那可真够老的，该拆了！

陈顺子：这年头想住新房，就得自己个儿想法挣盖楼钱……

　　刘根儿:(被触动,若有所思)在我们那旮,十几万块钱就能住新房了,(失神地望向远方,憧憬)我得干多长时间能给我妈挣上一套……

　　陈顺子:刘儿,今儿瞅着你蔫不唧的,病了?

　　刘根儿:没事儿,有点感冒……

　　陈顺子:你这脸色可不对,上医院瞧瞧,开点药!

　　刘根儿:我体骼好,能抗回去!叔,我回屋和面去了。

　　陈顺子:有事你言语,都是一屋檐下住着,甭客气!(进屋)

　　【场景迁转,西厢内景,楼下李氏母子的房间,四处是考生的东西,但却繁而不乱。此时,高羽飞和陈越男正聊得投机。高羽飞用亲身的表演满足着陈越男的好奇心。

　　陈越男:人物模仿?你模仿谁呀?

　　高羽飞:盲人……(模仿盲人)好心的姑娘,你可怜可怜我吧……

　　陈越男:(躲闪,笑)唉,我说,那些跟街上要饭的,不会是装的吧?

　　高羽飞:也许吧,反正暴露自己的缺陷换来人的同情,挺痛苦的……(让自己振作)这样,我给你来一段梅特林克《群盲》里的片段。

高羽飞：(表演《群盲》中的片段,对着陈越男)我开始知道我们在哪里了……疗养院在大河的对岸;我们已经跨过了旧桥。他带我们走到岛的北边。我们离河不远,只要我们静下来听,也许可以听见河的声音……(演另一个盲人)我们坐好,不要动! 我们要等,等下去。我们不知道大河在哪个方向,而疗养院四周又都是沼泽。我们坐在这里等,等下去…

陈越男：(一开始还咯咯地笑,后来觉着压抑)他们在等什么？ 他们打哪儿来的？

高羽飞：(依然念着剧中盲女的台词) 我无法告诉你。你要我怎么说呢? ——离这儿很远,在大海的那一边。我那时还太小,不知道自己的家乡叫什么……只记得我常常在海边玩耍……啊,那段看得见的时日! 有一天,我看见山顶上的雪……我开始分辨出不幸的……(流泪)

陈越男：(情不自禁地)什么？

高羽飞：我常常用它们的声音来分辨它们……不去想的时候,我的记忆反而清楚……(停顿)听说他可以治好我的眼睛。他说有一天我会看得见,然后,我就可以离开这个岛……

陈越男：(拍打高羽飞)嘿,你醒醒,高羽飞,睁眼,你太像个瞎子了,我浑身直掉小米儿……

高羽飞：(睁眼,眼睛因闭得太长时间,出现了问

题目,使劲调整)

陈越男:(盯着高羽飞的眼睛看)你的眼睛好奇怪……好好的,干吗要演瞎子啊？你看着我,看着我的眼睛……嗯,这会儿好了……

高羽飞:(躲闪)你怎么和今天课上老师说的一样？

陈越男:老师也这么说？看着我的眼睛？

【不知何时,李芳卿已立在了门边。

高羽飞:(看到了李芳卿,紧张)妈妈……

陈越男:李阿姨,您家羽飞演得倍儿有彩儿,可惜对于表演我就是一棒槌！

李芳卿:(进屋)越男是要考大学的了,不要让羽飞耽误你的时间才好！

陈越男:(冲高羽飞扮了个鬼脸)那我也不耽误你了,拜!(跑出门)

【李芳卿与儿子沉默着。

【陈越男与正要进院的袁奋撞在了一起。

袁奋:(激动)越男,你刚才来找我？

陈越男:袁奋哥,你已是公司白领,我一往届生,咱俩又没什么共同语言,我找你干吗呀？(往家跑)

袁奋:那你来我们家找谁呀？

陈越男:管着吗!

袁奋:怎么没话了,什么叫共同语言啊？以前你不总跟我逗闷子吗?

【陈越男与准备出摊的刘根儿撞在了一起。

袁奋:(嗔怪)还跑,小心跌跟头!(上楼)

【西厢一楼房中。

李芳卿:(逼视着儿子)你那么做了?

高羽飞:(忧郁地)嗯……

李芳卿:为什么? 我嘱咐过你的!

高羽飞:老师让我看着她的眼睛,我害怕,我不敢躲……

【光渐暗,已尽黄昏。忧伤的手风琴声起。

【袁大妈家内景,一床、一柜、一樟木箱,极简素,各种专属老年人的简单的锻炼器具随处可见,踺子、扇子、太极剑……一张个人总结的养生保健提示醒目地贴在墙上:

养生箴言

多吃水果蔬菜,低油少盐戒酒。

早好午多晚少,细嚼慢咽半饱。

龙眼大枣枸杞,补气补血极品。

芝麻绿豆薏仁,预防疾病最佳。

击掌扣指拍肩背,抚胸下蹲小燕飞。

梳头泡脚甩胳膊,搓脸掐膝强颈椎。

【袁大妈此刻正在进行小燕飞的环节,极为投入虔诚。

【袁奋进门。

袁奋:妈,黑灯瞎火地干吗呢?

袁大妈:吓我一跳,我跟这儿锻炼,开灯多费电啊!今儿公司不忙?

袁奋:(从包里掏出药)大夫说您气血亏,我给您买了两盒气血双补口服液,您试试……

袁大妈:(嘴里不说,心里美,指墙上的养生箴言)那得花多少钱!瞅见没,龙眼大枣枸杞,补气补血极品,用食疗,省钱环保!

袁奋:妈,那些个不能替代药物,再说了,该花的钱得花!

袁大妈:(从床垫下摸出一个信封递给儿子)这是楼下那娘俩的房钱,你拿去……

袁奋:(躲)妈,我一单身,吃在公司,住在宿舍,您老给我钱干吗?用不上!

袁大妈:眼下交女朋友使费钱多!

袁奋:(自嘲)哪有女朋友交啊,您没瞅赵叔叔给他家越田开的是什么价,三环以里的房,最少80平,车得15万以上的。非诚勿扰!我哪儿交得起啊?

袁大妈:他家那丫头,白给我做儿媳妇我还不干呢,你瞅着疯疯癫癫的没个稳当气儿……

袁奋:那是个性开朗!

袁大妈:不该你惦记的甭惦记!你都快三十的人

了……

袁奋:妈,听说咱们这院里有宝。

袁大妈:跟咱没关系。(沉浸于自己的思维中)儿子,听妈的,交个外地的女孩儿,人老实事儿少不说,你和她好,她还巴结你,照顾你……

袁奋:妈,你那箱子就给我看看吧……

袁大妈:又来了!

袁奋:求您了,妈,咱有些时候不能为了省钱,这得分什么事儿,我知道,您不待见越男,可儿子一辈子的幸福不能开玩笑……

袁大妈:等你交了女朋友,我自然打开给你瞧!

袁奋:那就来不及了……(奔向樟木箱子)

袁大妈:(护着箱子)你这孩子,你想干吗呀?

【袁奋不顾一切地去起箱子。

袁大妈:(拼命扑在箱子上,用身体挡着儿子)袁奋,你,你给我住手……(气喘不上来)

【袁大妈背过气儿去了。

袁奋:(丢下箱子,抱住袁老太)妈,妈——您别吓我!(冲到楼梯口,大喊)我妈背过气去了,快来人哪!

【李芳卿、高羽飞直奔东厢陈顺子家。

李、高:袁大妈晕倒了,快救人啊!

【陈顺子、陈越男、刘根儿及推车回院的叶裕生等众人往袁家一溜小跑。

陈越男:(喊)谁也别动啊,病人体位不能动,(为袁大妈按压胸腹实施抢救)这我妈教我的,正规的医院抢救姿势。

【半晌,袁大妈缓醒过来。

袁大妈:哎哟……

袁奋:(对陈越男更加爱慕)越男……我怎么谢你!

陈越男:甭谢我,谢大伙儿……

袁奋:(作一圈揖)谢谢,谢谢大伙儿!

陈顺子:我说袁奋,怎么你一回家,你妈就激动得背过气去?

叶裕生:(看一眼墙上的字和床上的药,对袁奋)袁奋啊,别让你妈瞎练瞎吃,有病上医院!

袁大妈:不懒那些个……袁奋,你争点气,赶紧找个女朋友!

陈顺子:袁大妈,人活一个顺心顺气,我妈当年给我起名——陈顺子,八成就是这个愿望,心烦气不顺,歇菜!

陈越男:病人得好好休息……

【众人下。

袁大妈:(有气无力)袁奋,送送大伙儿……

【袁奋下楼,众人各自散了。

【陈越男还想和高羽飞搭话，故意磨蹭在最后，不想高羽飞被李芳卿带回了屋，并关上房门。陈越男颇为失落。

【袁奋一把拉住了想要回家的陈越男。

袁奋：越男，我有话说……

陈越男：袁奶奶她……

袁奋：我妈的病多半也是因为咱俩……

陈越男：（故意装傻）有我什么事啊？

袁奋：（鼓足勇气表白）越男，你也不小了，这么多年，其实我一直在等……

陈越男：袁奋哥，我们都长大了！

袁奋：所以，这些话我可以跟你说了！越男，我……

陈越男：千万别说！再见面会磨不开面子的。

袁奋：（误会）我不怕！越男！

陈越男：我知道你什么都不吝，可我不是小时候那个越男了，挨了欺负当街一嗓子，袁奋哥——无论你在哪儿，都会冒出来拍人家板砖……然后，我特自豪，插腰跟边儿上起哄架秧子！有一回还打错了人！

袁奋：我顺着你的眼神打，也有判断失误的时候……

陈越男：你没敢告诉你妈，我爸来收拾的残局。

袁奋：我知道你爸不待见我……

陈越男:(嘲讽地)我爸他待见房!

袁奋:(更加误会)我会想辙的,越男!

陈越男:我爸他要价可高……

袁奋:再等等我。

陈越男:可我为什么要等你?!

袁奋:(异常坚定地)给我几天时间,就几天!(返身回家)

陈越男:(苦恼地)可,你不是我的菜呀,袁奋哥……

【切光。

第三场

【光启在《西班牙斗牛士》的手风琴声里。

【李芳卿背着包走出门来,掏出一张名片,犹豫不决地拿着手机。她像是在进行着一场激烈的思想斗争。

刘根儿:姨,吃饭没？来点面？

李芳卿:(猛地反应过来)噢,没,噢,吃过了。

刘根儿:我那羽飞兄弟的琴拉得老给力了！他真是干这行的材料,一定要好好培养！

李芳卿:(被刘根儿的话所鼓舞,下定了决心)是,我会的！

【李芳卿果断地拨打电话,向胡同口走去,消失在胡同深处。

【高羽飞从大门探身出来。

刘根儿:羽飞兄弟干啥呢？

高羽飞:(掩饰)没事儿,我妈她往哪儿走了？

刘根儿:(指胡同深处)那旮了……

【陈越男拿着手机跑出门来。

陈越男:(嗓门大)高羽飞,你叫我出来干吗？神经兮兮的？

高羽飞:嘘——咱俩那边说去。

【高羽飞将陈越男带至远离大门的墙边。

高羽飞:我妈今天不大对头,这么晚了,她出去不告诉我,去哪儿也不说,平时只要我在,她从不出门的……

陈越男:我以为什么事呢,大惊小怪的,你妈她也不是未成年人,用你这么惦记？

高羽飞:(若有所思)不,不对,她一副心神不宁的样子,我有感觉的……

陈越男:这是观察人物练习,对吗？怎么着,让我去跟踪？

高羽飞:陈越男,你的头脑蛮灵光的!(指胡同深处)那条胡同。

陈越男：得,你先回去,有情况我给你发消息……

【高羽飞返身回院,陈越男向胡同口走去。

【叶裕生拖着沉重的步子,推自行车上,车后座上的地图丝毫未减,伏在上头的巴狗一副无奈的样子。

刘根儿:叶叔,有您一封信……

叶裕生:(从低落中猛地醒过神儿来,有些吃惊)这回就只有这个?

刘根儿:这回是您姑爷儿的信,不是饭盒儿啥的,就让我转了……(指尖从怀里拈出一个信封)

叶裕生:(有些害怕和厌恶地迟疑着去接)那谢谢了,小刘……

刘根儿:谢啥,叶叔跟我还客气?老话说,远亲不如近邻,以后,有事您吱声!

叶裕生:(若有所思,心不在焉地推车往院里走,忽然想起了什么,返身问)你怎么知道这信是谁写的?

刘根儿:您闺女的字儿和这不一样……

叶裕生:(脸色难看,气恼地)老了,糊涂了!(进院)

【王宝昌快步从胡同深处走来,李芳卿迎向他。

【陈越男急忙闪进一户院门里。

李芳卿:王先生!

王宝昌:别介,王宝昌,您这叫法我不太适应……

李芳卿:王老板,您家公子在国外读书,开销蛮大的,我这里不多,(掏出信封,递给王宝昌)有两万块钱,让他买点好吃的……

王宝昌:等等,等等,我这要你的钱算怎么回事?

(推拒)说事儿!

李芳卿:(将钱塞给王宝昌)您别嫌少!

王宝昌:(躲闪)叫人瞅见,以为咱俩打起来了?得,我先替你拿着……说,叫我来什么事儿?

李芳卿:我家儿子就要专业考试了,想麻烦您的那位导演朋友帮帮忙!

王宝昌:当妈的心情,我懂!但是,这事儿,够呛!

李芳卿:(孤注一掷地)他要多少钱,我可以去想办法!

王宝昌:说实话,妹子,这真不是钱的事儿!(将钱塞还给李芳卿)

【大院门前一阵混乱。城管抄了刘根儿的"京味儿烤冷面"摊。

刘根儿:(绝望)我认罚,别抄走我的摊儿,没了它,我在北京就待不下去了?

【许多人跑去围观,陈越男忍不住也奔回去了,和城管理论。

李芳卿:(望向大门前的混乱和刘根儿失声的叫喊)谁这么和他过不去?

王宝昌:人不会和人过不去,人只会和利过不去!

李芳卿:不,有的人只会和自己过不去……

王宝昌:过得去过不去,要看你为了什么!

李芳卿:袁阿婆家的儿子惦记着她箱子里的东

西,可袁阿婆偏是不肯开箱子,闹到全院子里的人都晓得了！真弄不懂她跟谁过不去……

王宝昌：她会有收藏？不能吧……

李芳卿：那你到我们院子里打听什么？

王宝昌：老叶,叶裕生,他老哥一人占着三间房不出租,还从不让人进家门,最可疑的是一天到晚卖些个破玩意挣点小钱,这是真人不露,使着障眼法呢！

李芳卿：我们在北京举目无亲,拜托王老板帮帮忙……

王宝昌：我只能求人家给问问,孩子是不是那块材料……把儿子名字给我！

李芳卿：唉,唉……（再次将钱递给王宝昌）儿子的名字,这信封上有……

王宝昌：我不拿着,你这当妈的就不踏实,对吗？（接钱）

李芳卿：我给您打电话？

王宝昌：你等我信儿……

〔城管将刘根儿的摊儿拖走,陈越男去追,刘根儿拦都拦不住。

〔舞台在喧嚣中变换。

第四场

【院内,夜晚。

【醉意正浓的陈顺子被刘根儿叫出房来。

刘根儿:(求陈顺子)陈叔,能不能想个法子,帮我把那摊子赎回来?

陈顺子:刘儿,不是我不讲情面,你这无照摆摊,就是违法,弄得胡同里脏了吧唧的,说到大天去,也没辙!

刘根儿:我不卖冷面,我干啥?

陈顺子:那没着,除非你找上个合法的营生,不然,我这儿也留不住你了!

刘根儿:我现在哪有本钱啊……我……

陈顺子:刘儿,咱处得不错,可陈叔我下岗,还供个上学的孩子……

刘根儿:陈叔,我懂!(失望地回屋)

陈顺子:得,接着喝吧……酒是个好东西……

【陈越男跑进院来,直奔刘根儿房里。

陈顺子:(大着舌头)越男,你上哪儿了?

陈越男:我追城管了,怎么着?

陈顺子:好啊,能艮了,你以为你是谁啊?!

陈越男:(从刘根儿房里冲出来)爸,小刘哥的摊子被抄了,你就赶他走啊?!

陈顺子:瞎掰,我什么时候赶他了?

陈越男:那他干吗收拾行李?

陈顺子:你问我,我问谁?

陈越男:爸,你喝了多少酒啊?

陈顺子:你妈不在家,你又来管我!

陈越男:那你刚才跟小刘哥说的酒话,不算数!

陈顺子:唉,我说你自己个儿的坟头还哭不过来呢,瞎操什么心……我们家这腾出房来出租,让自个窄别着,不是搞慈善,供你一年又一年考大学,我们老公母俩容易吗?你爸我这见天儿挖空心思、削尖了脑袋琢磨着改善环境,住上个独门独户,为了谁呀?你有什么资格跟我这儿瞪眼扒皮?

陈越男:(沉浸在自己的愤怒里)爸,你这叫落井下石!

陈顺子:跟谁说话呢?我抽你个吃里爬外的小兔

崽子!

【陈顺子满院子追打陈越男。

【西厢,高羽飞在练习《海燕》,心神不宁欲出门,被李芳卿喝止。

李芳卿:练你的朗诵去!

高羽飞:这是勇敢的海燕,

在怒吼的大海上,

在闪电中间,

高傲的飞翔;

这是胜利的预言家在叫喊:

——让暴风雨来得更猛烈些吧!

李芳卿:感觉不对,(示范,语气狠狠地)让暴风雨来得更猛烈些吧!

【袁奋欲冲下楼去,被袁大妈狠命拽住。

袁大妈:他爷俩掐架,谁也劝不动。

【叶师傅似乎是听不过耳去,出了房门。

叶裕生:顺子,跟孩子较什么劲?越男没错,是个通情达理的闺女!

【陈越男抽身去了刘根儿房里。

陈顺子:(火气转移)敢情这坏事都是我做的,好话全让您说了?您就一人儿,放着两间大房空着也是空着,干吗不叫人家住啊?

叶裕生:(厉色)顺子,你喝高了!

陈顺子:喝高了,好啊! 喝高了,敢说真话,我这日子过得憋屈,连自己个儿的孩子也不把我放眼里,拿我当废物点心! 你,老叶,你痛快,老伴儿没了,孩子又不在身边,自由……(欲往叶家进)你家这一天到晚捂着个大棉门帘,发酒糟呢? 我瞅瞅你这单身汉怎么过日子……

叶裕生:(将陈顺子往家推去)你先回家睡上一觉,酒醒了再跟我说话……

【西厢。

高羽飞:妈,我有点想家了……

李芳卿:姆妈停薪留职陪着你,你爸爸天天都要打电话关心你,想什么家? 没出息! 你晓得吧,你将来是要在北京安家的!

高羽飞:快要考试了,我反倒没有压力了!

李芳卿:那是好事情,不紧张,对你发挥有利的!

高羽飞:其实,结果无所谓的。我……

李芳卿:(警觉)你是什么意思? 要是懈了这一口气,姆妈和你爸爸这么多年的辛苦都打水漂了! 高羽飞,你没有回头路可走的,要是考不好,(悲从中来)姆妈是死的心都有了……

【陈越男再次跑出刘根儿的房门。

陈越男:(对叶裕生)叶叔叔,小刘哥发烧了,估摸着有 40 度!

叶裕生:这孩子也是上了大火,内热外感,我去拿清热退烧药去……越男,叫他多喝水……

陈越男:哎!(跑回家拿电水壶)

【刘根儿拖着行李箱出门。

【端着水壶的陈越男和拿着药的叶裕生均愣在当地。

刘根儿:叶叔儿,越男,我……我不搁这儿住了,房租啥的也清了,你和陈叔说一声儿。

陈越男:(慌了)小刘哥,我爸满嘴醉话,你别往心里去,快进屋把药吃了!(去拉刘根儿的行李)

刘根儿:还有,屋顶上漏,得让陈叔找人来修修!

叶裕生:小刘儿,人不和病置气,凡事从长计议。

刘根儿:(与陈越男抢夺行李)越男,你别拦我,人活一口气,树活一张皮,我一个大老爷们不能死皮赖脸。

陈越男:(火了)刘根儿,这就是你们东北人的暴脾气,是吧?!我告诉你,我真瞧不起你这点儿——死要面子活受罪!你发着高烧,大夜里走,你让我们难受是吧?我爸他醉了,睡得跟烂泥一样,我妈不在家,你不就恶心我吗?

刘根儿:越男,是我自己待不住!

叶裕生:小刘儿,年轻人做事儿,不能冲动,这么晚了,你到哪去?过了今晚,退了烧,再说去留……

刘根儿:多住一晚上,多住一天,和现在走,又有啥区别?

陈越男:那马上滚,滚……(奔回家)

【刘根儿拉行李往门外走,叶裕生把药塞进他的背包。

叶裕生:(嘱咐)手这么烫,把药吃上!

【袁大妈娘俩,李芳卿娘俩均默默站在大门边。

袁奋:小刘兄弟,你怎么打算的?

刘根儿:还没想好……

袁大妈:这孩子,大晚上的,你去哪儿啊?

刘根儿:大妈,多保重身体。

李芳卿:(递一包方便食品)我们也帮不上你什么……

刘根儿:(推辞不过,收下)让我羽飞兄弟,好好考! 争气!

【刘根儿低头大步走出大门,众人送出大门,拉杆箱拖动的声音发出隆隆的声响。

【众人皆进屋,李芳卿走在最后,叶裕生拿着木栓在大门前犹豫着。

李芳卿:(故意搭话)叶师傅,您要锁大门了?

叶裕生:小李,你还出去?

李芳卿:噢,不了。

叶裕生:算了,大门不锁了,我警醒着些……

李芳卿：今晚,小刘,他不会回来的……

叶裕生：反正,我也睡不磁实。

李芳卿：您在这住了那么久了，为什么也睡不好？

叶裕生：没有人因为换了水土才睡不踏实……睡眠不好,就是心里头搁着事儿……

李芳卿：我有褪黑素片,您试试,没有依赖性的。（快步欲回屋取药）

叶裕生：不用了,心里头的病除不了根儿,吃什么也白搭。（回屋）

李芳卿：（减缓脚步）心里头的病，心里头的病……（伤感,落泪）

【切光。

第五场

【院内,周末的上午。

【西厢的手风琴传来巴赫的《谐谑曲》。

【买早点回来的叶裕生在院中驻足听琴,一身运动装,背太极剑锻炼回来的袁大妈与他打招呼。

袁大妈:买早点了?

叶裕生:(醒过神儿来)啊,买早点了,羽飞这琴拉得真棒!

袁大妈:(不感兴趣的)见天练,用功。跟哪儿买的?

叶裕生:嘿,城管这一查摊儿,可倒好,买个早点得走二十分钟。绣芬妹子,吃了吗?

袁大妈:可不,原先我跟小刘摊上就解决了,这下得自个动手了。儿子给我买了个豆浆机,可省事儿了！那什么,下回我给你带出份来……

叶裕生:甭麻烦了,我有痛风,豆浆嘌呤太高!

袁大妈:现在豆浆机功能可多了,你把五谷杂粮往里搁,比方说咱们老年人免疫力低下,就把什么绿豆、薏仁、芝麻伙一块儿打出来那糊儿,喝一碗,真盯时候。

叶裕生:噢,不光打豆浆啊!

袁大妈:土了吧,你!还可以绞肉,我一般买一屁股蛋儿,绞成馅,搁冰箱里,想吃包子饺子,丸子肉饼,都成,省事儿!

叶裕生:绣芬妹子,会生活……

袁大妈:(比画太极剑)这叫养生之道。

【袁奋提点心袋,带姑娘张小惠进院。两个人动作十分不自然,袁奋小声嘱咐着。

张小惠:(惊奇地)袁奋,这就是北京大杂院啊!

袁奋:说家乡话,怎么又忘了? 我跟你说,千万别穿帮!(将口袋递给张小惠)拿着,就说是你买的……

张小惠:(接过口袋,四川口音)哎呀,莫要啰嗦噻!

叶裕生:(看见了袁奋,别有意味地对袁大妈)绣芬妹子,锻炼也好,食疗也罢,说了归齐不过是小乘之法啊……老了老了,省心才是福!

袁奋:妈……叶叔……

袁大妈:(回头看见了袁奋和他身边的姑娘,惊异又掺杂着期待)这位是……

袁奋:这是张小惠。

袁大妈:我没问你人家叫什么!

张小惠:(四川口音)伯母好!我是袁奋的女朋友!

袁大妈:唉,唉!(上下打量)家是哪儿的?

袁奋:四川绵阳,妈,咱进屋说,行不?

袁大妈:(埋怨儿子)你看看你,这么大的事儿也不提前吱一声,我这一点儿心理准备都没有。(特意大声说给赵家)我儿子带女朋友上门,也得让街坊四邻瞅瞅不是!

袁奋:(拉袁大妈)妈,张小惠人家第一次上咱家……

袁大妈:好,走走走,家里去!

【袁大妈带着袁奋和张小惠上楼。张小惠亲切地扶住袁大妈。

袁大妈:你们俩认识多长时间了?

张小惠:好几年了?(故意)袁奋没跟您说啊?

袁大妈:啊?(冲袁奋)你!

袁奋:(瞪张小惠)妈,我俩是一个公司的。

袁大妈:一个单位的好!俩人脾气禀性也了解!

【三人进屋,袁大妈张罗着倒水。

袁大妈：你瞅瞅家里乱的，这孩子也不打声招呼。

张小惠：(递口袋)伯母，这是我给您选的茶点，无糖，也没啥子油！都是我妈妈尝了，觉得好吃，我才放心给您也买了……

【袁奋偷向张小惠伸大拇哥。

袁大妈：(感动)哎哟，这是怎么话说的，有闺女好啊，心细！你坐啊！(忍不住凑到袁奋身边，拧他)好几年了，你这小子滴水不漏！(对张小惠，替儿子找补)小惠啊，我们家袁奋哪儿都好，就是内向！交女朋友比较慎重。这会儿才把你领回家，你别往心里去啊！

张小惠：伯母，内向是优点！我喜欢！

袁大妈：(端水)喝茶！

张小惠：(起身)伯母，茶嘛，哪有老人家给小娃娃倒的！(接水先递给袁奋)这个你喝，我自己可以倒。

袁大妈：(越发感慨)哎哟，这点儿，我们家袁奋不如你！都是我给惯的！

张小惠：男娃不用做啥子家务，这是女娃的事！我妈妈就照顾了我爸爸一辈子！

袁大妈：(高兴得合不拢嘴)袁奋没房没车……

张小惠：我们可以一起挣啊！年轻人哪有一开始

就啥子都有的?

　　袁大妈:那你们老家儿……

　　张小惠:(纳闷)什么?

　　袁奋:就是你爸妈要求男方的条件。

　　张小惠:噢,我父母给我充分的自由……

　　【袁奋向张小惠做胜利的手势。

　　袁大妈:(激动) 这头一回见面, 我也得表示表示
……(翻柜子)

　　袁奋:(小声对张小惠)你,你见好就收!

　　张小惠:(小声)嘘——别穿帮!

　　袁大妈:(拿出块缎子面,递给张小惠)闺女,啊,
不对,小惠,拿去做衣服!

　　袁奋:(阻拦)妈,这么大的缎子面,做衣服不糟
践了吗,再说,现在的女孩谁穿这样的衣服啊? 您快
收回去吧!

　　张小惠:(抱着不撒手)这才叫时尚呢,结婚时做
旗袍,好看!

　　袁奋:(从张小惠手里抢回)和谁结婚啊,现在说
得着吗?

　　袁大妈:(瞪眼)我告诉你袁奋,小惠这丫头,你
妈我看好了,你不许欺负人家!

　　袁奋:哪儿跟哪儿啊,这是!

　　袁大妈:今儿这事,我就定了,(从手上往下撸镯

子）这是我姥姥传下来的,(给张小惠往手上套)小惠,今儿大妈把它给你,权当是定了这门亲事!

【袁奋阻止已来不及,手镯太紧,根本摘不下来。

袁奋:(帮着往下撸镯子)张小惠,摘不下来,你想想辙呀!那可是我妈最稀罕的……

张小惠:疼死了,得打肥皂……

袁大妈:摘下来干吗,戴着!

【袁奋好不容易撸下了镯子,塞给袁大妈,拉起张小惠就走。

袁奋:妈,那什么,小惠今儿加班,我先送他走!

袁大妈:(不舍)大礼拜天的,还加班呀?

张小惠:(如同从一场梦中醒来)您别送了……

袁大妈:再来啊!

【张小惠下意识挽着袁奋的胳膊向外走,与陈越男相遇。袁奋尴尬异常,抖擞开张小惠的手。

陈越男:袁奋哥,这是未来的嫂子吧?

袁奋:越男,别瞎说……(对张小惠)你自己走吧,我和我妈说点儿事!(往楼上跑)

张小惠:啊,这儿全是胡同,你让我往哪儿走啊?

袁奋:行了吧,张小惠! 有搞销售的找不着路的吗?

陈越男:(热情地招呼)来,我带你出去!

【西厢楼上。袁大妈严厉地审视着袁奋。

袁大妈:我活了大半辈子,不糊涂!

袁奋:妈,我这处对象,领回来给您瞅瞅,哪儿不对了?

袁大妈:人家丫头喜欢你,你不喜欢人家,不喜欢的人,你领回来,你这演的是哪一出?

袁奋:(松了一口气)我以为您看出什么不对劲儿了?

袁大妈:(替张小惠鸣不平)有你那么往下撸镯子的吗? 啊? 那小白胳膊撸得通红!

袁奋:(忍不住脱口而出)越男的胳膊比她白!

袁大妈:你给我闭嘴!

袁奋:妈,女朋友我可给您带回来了,箱子该给我看了吧?

袁大妈:你也忒心急了吧! 等你把婚结喽,再说!

袁奋:(急了)妈,咱可不带这样的! 今儿这箱子怎么着也得给我看……(扑向樟木箱子)

袁大妈:要了老命喽!

【袁大妈与袁奋撕扯在了一起。袁奋抱起箱子欲往外跑,袁大妈夺,箱子跌落在地,摔开了盖儿。

【一个小包袱卷儿滚落在地上,散出了婴儿的小被子,小衣服,袁大妈伸手去抓,却晕倒了。袁奋愣在了当地。

高羽飞:(一嗓子喊出去)袁大妈又背过气了

……

【除陈顺子外,邻居们都闻声赶来,经过抢救,袁大妈缓醒过来,流泪。

叶裕生:袁奋啊,你小子何苦这么逼你妈呢?

袁奋:(不知所措,懊丧)妈,这些东西有什么好藏着的?

叶裕生:(对袁大妈)绣芬妹子,你真没有什么瞒着的……(对袁奋)袁奋哪,你是我这绣芬妹子30年前在医院门口捡来的孩子,这么多年了,为了你,她从来没动过嫁人的念头,她一个单身妈妈,挣钱供你念大学,遭了多少罪,受了多少委屈,你知道吗?

袁大妈:哎呀,我没觉着有多么委屈,小猫小狗是性命,何况活生生个小人儿呢。我就想着,这个小小的孩儿没了爹娘,多可怜,我得加倍了对他好!不能让人家小瞧了他,不能让他受委屈……

袁奋:妈!

袁大妈:(抱着小包袱,抚爱地回忆)妈第一眼瞅见你的时候,你就在这里头,闭着眼,晃着小脑袋,张着小嘴到处寻摸吃的呢,找不着,就哭,小脸皱的啊……妈就挪不动步了,就去抱起你来,觉着和你有缘分,这是老天爷的安排。妈不是不想告诉你,我怕你知道了不自信,怕影响你找对象!越是咱这样的家庭,咱越得好好的,使劲活。妈身子骨不好,妈锻炼,养生,妈要多陪你些年,要不,你在这个世上太孤单;你也要好好念书,好好工作,好好挣前程,有了自己个儿的家,妈才能卸下身上这个担子……

袁奋:(搂着袁大妈,百感交集,痛哭)对不起,妈,对不起!

陈越男:(跑上来)袁奋哥,这事儿我真挺瞧不起你的,大老爷们要房子要地自己个挣,干吗榨老家?

袁奋:(委屈地)越男,你这么说……我,我是为了你……

陈越男:说白了,咱俩没戏!我们想要的根本不是一回事儿,张小惠才是你的菜!

【站在外围的李芳卿黯然神伤,一方面是因为袁奋的身世,另一方面是因为袁家无宝。忽然手机铃响,一看之下,匆匆往外疾跑,接电话。

李芳卿:王老板你好!我现在说话不方便,等一下,我去找你吧……(出院)

【众人默默离开,给一对母子留下回忆的空间。

【陈顺子背榔头、铁铲等工具上。

陈越男:爸,你不好好租房,又整什么幺蛾子?

陈顺子:我的房子,我想租就租,不想租,凿着玩,你还管上爹了!

陈越男:(强咽一口气,深呼吸)爸,小刘哥临走留话说房顶漏雨,你麻利儿修了!

陈顺子:我累了,我歇会儿?

陈越男:哼,您一个镚子儿不挣,您说累?我妈还没说过累呢!

陈顺子:你就知道你妈……等我发了大财,我就让她辞职,让她跟家买菜,做饭,侍候我!

陈越男:爸,您这梦不错,搁您嘴里一说就不是味儿了!

陈顺子:你,你给我等着瞧!(进出租屋)

【西厢。高羽飞房中。陈越男进。

高羽飞:越男,我特别羡慕你,一门心思专心复习高考就行!

陈越男:我没戏。

高羽飞:你哪门不行,我帮你复习。

陈越男:我别拖你后腿儿了,你妈不乐意!

高羽飞:我妈又出去了……

陈越男:你说你妈怎么和王宝昌搅和到了一块?

高羽飞:你爸为什么赶走了刘根儿?

陈越男:他发神经呗……也不知是做梦还是算卦,愣说出租屋的墙里头有宝。

高羽飞:刘根儿走了,我觉得我好像在北京孤军奋战……我考不上的!

陈越男:(捂他的嘴)那你妈还不疯了!

【东厢,陈顺子凿墙发出巨大的响声。

陈越男:我爸疯了……

【切光。

【手风琴肖邦《谐谑曲》中,舞台转动。

【大院门外,胡同口,王宝昌等着小跑而来的李芳卿。

【李芳卿紧张、迫切,身上竟找寻不到之前的从容和冷静。

王宝昌:导演那边打听了辅导班的老师……人家说这孩子有表演天赋,是块好材料……

李芳卿:(亢奋)谢谢!谢谢!太好了!

王宝昌:可是,你们家孩子的眼睛是不是有问题?

李芳卿:(突然的暴发,有些歇斯底里)你胡说!你污蔑!你是个骗子,还有你那个什么烂导演统统是骗子!

王宝昌:嘛呢?!(后退)我这转达人家老师……

李芳卿:(一把揪住王宝昌)住口!小人!你逼我探听邻家的收藏,我不答应,你就污蔑我儿子,要挟我,是不是?!你乘人之危,你落井下石,你……你必须,你必须把这些话……

王宝昌:你撒手,放开我,疯子,简直是个疯子!你儿子明明眼睛有问题,还跟这假模假式地考表演,你们才是骗子!(欲走)

李芳卿:(支撑不住自己的身子)王老板,回来……(心里经过了翻江倒海的挣扎)我有话说……

【王宝昌没回头。

李芳卿:(孤注一掷)你要的,陈家有!

王宝昌:你挨家说个遍,逗我玩,你当我是礼拜天呢?

李芳卿:陈顺子半夜三更赶走了刘根儿,宁肯空着房子不赚钞票,没有宝贝他会这么做吗?

王宝昌:(无奈地)妹子,你儿子的事,我帮不上忙!

李芳卿:我们输不起的,王老板,求求你,别把你刚才的话说出去!

王宝昌:这个事到此为止!钱回头我给你送过去……(走)

【李芳卿扶住墙才能站稳,缓了半晌才一步步向大院门口走去。

【院内传来墙倒房塌的破坏性声响,伴随着陈顺子绝望痛切的哀号。

陈顺子画外音:不可能?不可能?!

【李芳卿顺着墙根瘫软了下去。

【手风琴曲《西班牙斗牛士进行曲》,光渐收。

第六场

【大大的"拆"字写上了院墙。陈家塌掉的出租房圈起了警戒线,也画上了"拆"字。

【院内,上午时分,晨练的、上学的、上班的都各赴东西。

【叶裕生在院子里洗床单、窗帘,吃力地拧水。这些明艳漂亮的布艺与老头子的生活显然是格格不入的。小巴狗跑来跑去很是欢快。

【陈顺子背着水和吃的兴冲冲出家门。

叶裕生:顺子,还寻房去啊?

陈顺子:可不,这东西南北我且看呢,掂着我这房的拆迁款远点儿能倒腾三居,近点儿的就得小两居了……剩点儿我再添辆二手车!

袁大妈:(一身运动装出门)喝,我说顺子,你不是只要三环以里吗？车得十五万的……

陈顺子：您还提那茬儿呢，咱这小百姓自己个能解决的问题，那就不指望别人了呗！得，您可真沉得住气，这会儿还锻炼呢？

袁大妈：拆迁换房的事儿，儿子张罗，我跟他们住一块儿，我不操心！

【陈顺子、袁大妈同下。

【李芳卿走过来给叶裕生帮忙。

李芳卿：您怎么洗这么多单子？

叶裕生：(若有所思地)这片真的要拆了……(回过神来)啊，要拆迁了，洗洗收起来……羽飞上课去了？

李芳卿：噢，(岔开话题)这窗帘好漂亮！

叶裕生：都是老伴儿、闺女用过的……

李芳卿：(感慨地)我能想象得到，过去你们家好幸福的！

叶裕生：她俩都爱弄些个装饰，说这些布艺能影响人的心情。我闺女学美术的，她懂，我们老两口听她的。(看小巴狗)还有格格儿，是我老伴养大的……

李芳卿：(试探地问)听说，您的女儿在国外？

叶裕生：在韩国，成家了……

李芳卿：她没让你到那边住住？

叶裕生：(不愿碰触的话题)我舍不得这儿……

【沉默。

叶裕生:羽飞的考试,有把握吗?

李芳卿:(也不愿碰触的话题)千里挑一的,我很担心他!不敢想……这些年,为了孩子的前途,我们什么都付出过……

叶裕生:你说的是,这点儿上我比不了你,为了孩子,大老远陪着他,撇家舍业的……

李芳卿:(触动)何止是这些,不能提的,一言难尽……(硬着头皮追问着那个话题)女儿离你那么远,不想她吗?我要是你,怕是早就卖掉房子去找她了。

叶裕生:房子我舍不得卖啊,住了一辈子,那么多往事,那么多回忆,喜怒哀乐,嬉笑怒骂,就算是赌气吵架,回想起来也觉着美好,一整屋子的,每一个用过摸过的物件都像是无价之宝,守着踏实,离开了,就没根儿了似的……(像下定了决心)拆迁也好,拆了省心,断了念想,也帮我下了决心,小李啊,我也悟出来了,这最宝贵的东西不是物件,还是活生生的亲人啊!

李芳卿:无价之宝?咱老百姓家里有什么无价之宝?

叶裕生:(认为对方显然误会了)家具啊,摆设啊,甚至墙上那些画儿……我都觉着是宝贝!真要是走了,全没了……

李芳卿:(失神,掉了窗帘)哎呀,弄脏了,我去洗
……

叶裕生:没事儿,我去洗。(端盆进屋,掀门帘确
腾不出手)

李芳卿:(赶紧替叶裕生掀门帘)天气暖了,门帘
太厚不透风的。

叶裕生:老伴在的时候,关节痛,怕风,这么些年
了,我也习惯这样了!

李芳卿:(小声念叨)无价之宝,无价之宝……
(眼前一亮)果然有的!

【李芳卿坐立不安,她要做出选择,又别无选择,
她急匆匆下。

【叶裕生重回院中晾晒床单。

【高羽飞迷茫地背书包进。

叶裕生:羽飞,今儿个回的早哇?

高羽飞:叶伯伯,我哪儿也没去……

叶裕生:快考试了,有点紧张?(联想,回忆)我闺
女当年考美院的时候,也什么都干不下去。

高羽飞:(想找人倾吐)叶伯伯,我,我真的不想
考了!考试像个魔鬼压着我,让我害怕又不敢喊
叫。

叶裕生:(认真地倾听,放下手里的活)为什么?

高羽飞:表演对于我,有一个永远无法越过的障碍,我不想认命,也不行!

叶裕生:那是什么?

【高羽飞沉默。

叶裕生:小伙子,你觉着你有别的办法吗?

高羽飞:(摆头)我妈她接受不了的……

叶裕生:如果考不上,或是放弃考试,你自个儿能过这个坎吗?

高羽飞:我得考虑我妈,不能让她受伤害。

叶裕生:(若有所悟地)明白了,我闺女就和你一样,她总是报喜不报忧,电话里啊,好呀,没事儿啊,幸福呀……啊,是在考虑我的感受,岂不知,一旦我知道了真相,这心里头更难受!(因激动而颤抖)

高羽飞:叶伯伯,您怎么了?

叶裕生:叶伯伯求你点儿事儿!

高羽飞:(乐意转移注意力)您别客气!

叶裕生:拉个曲儿……

高羽飞:您想听哪首?

叶裕生:怀旧的,苏联歌曲。

高羽飞:您等着……

【进屋拉琴出来,一曲《孤独的手风琴》。

叶裕生、高羽飞(合唱)

黎明来临前大地入梦乡,

没有声响也没有灯光，

唯有从街上还可以听到，

孤独的手风琴来回游荡。

琴声飘忽向郊外的麦田，

一忽儿又回到大门旁边，

仿佛整夜它把谁在寻找，

但它始终也没能找见。

【一老一小暂时逃避在音乐的桃源中。

【切光。

【时光流转，傍晚的斜阳照进了院内。大院内恢复了倦鸟归巢的生态。

【王宝昌大步迈进了院内。

王宝昌：(目中无人地喊)李芳卿，李芳卿！

【李芳卿惊惶地奔出，高羽飞紧随而出，护在妈妈身前。

李芳卿：(心虚地，压抑声音)王老板，你不会这么心急吧……

王宝昌：我能不急吗，我这人白拿着人家的钱，心里不踏实！

李芳卿：你出去，我们出去说！

高羽飞：王宝昌，你不要纠缠我妈！

王宝昌：(来了火气)嘿，谁纠缠谁，你最好问你妈去!

李芳卿:王宝昌,谁让你来找我的?你不要欺人太甚!

王宝昌:我又没什么见不得人的,干吗不能来这院啊?(把信封递过去)赶紧拿回去,(吓唬)别我一急,把你们娘俩的事抖搂出去!

【李芳卿恐惧地不敢伸手,王宝昌把信封强塞给她,欲走。

高羽飞:(发狂的兽一样,摔信封,钱散落了一地)王宝昌,你把话说清楚!

【李芳卿一边拦着儿子,一边阻止着王宝昌。

【邻居们越聚越多。

王宝昌:小子,今儿个当着大伙的面,咱真得说道说道,不然,鱼没吃着,我沾一身腥!

李芳卿:(将王宝昌往外推)你走吧,快走啊!

高羽飞:(打王宝昌)流氓!

王宝昌:(挣脱)孙子,说什么呢?!我抽你丫的!(欲打高羽飞)我一买卖人,我不能栽这儿噶!

【叶裕生、陈顺子,袁大妈等众邻居上前拉架。

叶裕生:(喝止)王宝昌,别在我们院儿撒野!

陈顺子:宝昌,宝昌,跟一孩子,你较什么劲,有话好好说!

高羽飞:(吼叫)让他说,说呀!

李芳卿:(被逼无奈)叶师傅家有宝,叶师傅家有宝……

【所有的人都静场。

高羽飞:(像不认识似的)妈——你怎么可以,这么做?!

李芳卿:为了你,(经受剧烈刺激后的决绝)我什么都做得出来!

高羽飞:不要这样,妈,艺校咱不考了,不考了!

李芳卿:(恶狠狠地)你敢!

高羽飞:我们回家!我们回家吧!

李芳卿:回家?(笑,掏卡)房子已经抵押出去了,家全在这里头呢!

高羽飞:(像是在对所有人揭秘)我的眼睛有问题,我紧张的时候,就会逗眼,我考不上表演,我考不上……

李芳卿:(哭着捂住儿子的嘴)儿子,妈妈求求你,求求你……别说了……

【王宝昌分开众人,向院门口走去。

叶裕生:王宝昌,你别忙着走!

王宝昌:(站定)

叶裕生:你不就惦记着我们这院儿的宝贝吗?今儿个,我就打开了门给你看看,省得你总是心神不定。

王宝昌：噢，老叶，你要是早想开了，哪儿会招出这些事啊……

【叶裕生从容地将大门敞开，那个紧闭了多年的，引起无数猜测与好奇的门终于洞开，所有人都屏气凝神。

【叶裕生家中所呈现的完全是一家三口的生活状态，床、桌椅、柜子，甚至拖鞋的摆放也依旧是老伴和女儿在时的模样；满满一墙的彩笔画，正是女儿儿时的杰作，爸爸、妈妈、小女孩，在一起的生活场景历历在目……

叶裕生：（拿出一件毛衣还有一摞饭盒）这是我闺女托人捎来的，还有她用这个寄来的钱……

前年我去韩国，闺女、韩国女婿去机场接我，路过一个服装店，闺女问，爸，你喜欢哪件衣服？我呢转了转，刚想开口，正撞上那女婿鹰一样的眼睛，那眼光啊，刀子一样，把我和闺女之间的目光砍得一节一节的，我怕自个儿的孩子为难，就说，不喜欢……结果刚回国，闺女就托人捎来了这个，里头夹了张字条，爸，我知道你喜欢这件，因为你的眼神在它上面停留的时间最长！

即便是这样，还是没有逃过那双鹰一样的眼睛，（拿出信封）这是我的韩国女婿托同样的人捎来的信，什么信啊，是通牒！他说，他说他发现了我和我女儿之间的不忠实的行为……

(突然爆发)他妈的！我的孩子为什么要受这个气?！我从小把她培养大,她是画画的天才,(指着墙)她孝敬她的父亲,为什么要遭这个罪?！

(走到李芳卿面前)只要爹妈这口气在,孩子多大,咱都得管！这点儿,我不如你！这么多年,我不敢面对……我没有你有勇气！我守着的,不过是回忆……

【李芳卿羞愧。

叶裕生:我要去韩国,我要问问孩子,你到底过得怎么样? 闺女,你是不是受委屈了,爸爸来了……有爸爸在!(对李芳卿)小李啊,你也得问问孩子,他到底是怎么想的……

李芳卿:孩子小的时候,有一次我和老公吵架,我们砸碎了东西,把孩子的眼睛吓成了这样……孩子有表演天赋,我们不想因为我们的过错,耽误了他……(泣不成声)

高羽飞:妈……如果不去挤这个表演的独木桥,我就觉得我和正常人一样！妈,咱们不考了!

李芳卿:(无力地)不考了,你怎么办?

高羽飞:我参加高考,我照样可以考上北京的大学!

陈越男:高羽飞,快捡钱吧,你们家的钱。赶明儿上大学的学费也够了!

【众人帮助捡钱。

王宝昌:钱都数好了,一分不差!(立定,面对着观众)我在这儿澄清一下,我王宝昌是商人,挣的是差价,靠的是商机,低买高卖保不齐,但我不是诈骗犯,我有我的道德底线!(下)

第七场

【渐渐清晰的轰隆隆的拆迁的声音。

【院内,各家都在收拾打包行李。

陈顺子:(摆弄着红石头)搬了新家,我弄一个古董架,就把这些个石头一摆,

嘿,咱也欣赏欣赏。

陈越男:搁我房里,一边学习一边瞅着,养眼!

陈顺子:赶紧复习去!

陈越男:考不上呢?

陈顺子: 考不考得上先甭管,你自己个得较劲啊!

陈越男:行啊,老爸终于开通了!(进屋)

【家装工人打扮的刘根背着旅行包上,身上背的

工具袋里露出锯条,锉刀等工具。

　　刘根儿:陈叔儿……

　　陈顺子:刘儿？(站起来)你回来了？又让人家撵出来了？

　　刘根儿:没有,我有点儿事要跟你唠唠。

　　陈顺子:(看见工具包,戒备)刘儿,当初陈叔酒喝多了,才那么做了……

　　刘根儿:(故意逗他)你都干啥了？

　　陈顺子:我给城管打了电话……

　　刘根儿:哎呀妈呀,是你打的?! 我还真没想到!

　　陈顺子:你想干啥？

　　刘根儿:不开玩笑了,陈叔,有个事一直放不下。

　　陈顺子:刘儿,这片要拆迁了……要不,陈叔还让你回来住。

　　刘根儿:我知道,不拆迁我还不会这么快来。怕你们走了，再找不着了……陈叔把你们家收着的那几块石头拿给我瞅瞅……

　　陈顺子:怎么着呀？跟这石头有关系？

　　刘根儿:我这阵子干装饰材料,可能认识……

　　陈顺子:(自言自语)不对啊,这得是干珠宝的,认识还差不多……

【众人围过来,与刘根儿搭话,问长问短。

【陈顺子狐疑地捧石头过来。

刘根儿:(迫切地细看,惊叫)南非红!

陈顺子:值钱吗?!

刘根儿:(一拍大腿)哎哟,值什么钱呀,这是进口花岗石,辐射 C 级,对人体有害,可以致癌!

陈顺子:(观察刘根脸色)怎么着,刘儿? 谁致癌?

刘根儿:被这种石材辐射有可能得上癌症!

陈顺子:你怎么知道这是那什么红?

刘根儿:我见过……我担心你留着这石头,或者搁越男屋里,这心里头总放不下,我……

陈越男:(跑出来)小刘哥……

刘根儿:越男,复习咋样?

陈越男:反正我没有压力! 你咋样?

刘根儿:我要回老家了!

陈越男:啥时回来?

刘根儿:不回来了……

叶裕生:小刘,你回老家怎么打算的?

刘根儿:在北京学了手艺,回我们县城开个装饰材料小店,实在不行,还干老本行——京味烤冷面!(对陈顺子)陈叔,您看我这京味烤冷面能唬住外地人不?

陈顺子:(依然沉浸在惊讶里,有些发蒙)刘儿,这什么红,有那么邪性?! 人家可说是鸡血红。

　　刘根儿:鸡血红,哪有这么大块的? 赶紧扔远点儿,越远越好,挖坑埋了! 别让它再害人!

　　袁大妈:顺子还愣着干什么,眼瞅着要住上大房了,可不能因小失大。

　　陈顺子:(赶紧将石头包从行李中拉出)也是哈!

　　【袁奋、张小惠手拉手进院。

　　刘根儿:袁奋哥! 有日子不见了!

　　袁奋:(向张小惠介绍)惠,这是在咱们院住过的刘根儿……

　　张小惠:你好!

　　刘根儿:对象?

　　袁奋:准媳妇!

　　【李芳卿母子进院与大家告别。刘根将高羽飞拉到一边询问。

　　刘根儿:羽飞兄弟不搁北京挤独木桥了?

　　高羽飞:嗯! 专心准备考普通大学了……小刘哥,你为啥回老家啊?

　　刘根儿:守着老妈,又能创业,这个你懂的……

　　袁奋:(突然有了想法)我提议,咱们一个院住过的,来自五湖四海的,又要奔向新生活的同胞们一起留个影!

　　【众人响应,聚在一起。

陈越男：大伙儿跟我一块儿喊——你好！东城！

【拍照声放大，"你好！东城！"的声音回荡在耳畔……

【剧终。

《后海也是海》剧照

《后海也是海》剧照

《后海也是海》剧照

《后海也是海》剧照

《后海也是海》剧照

【小剧场轻悬疑话剧】

后海也是海

Houhai is also the sea

潘思齐　王斯淳

作者简介

潘思齐,知名儿童剧编剧、新锐导演,毕业于中央戏剧学院,中国电影家协会会员。在央视少儿频道创作过多部全国同时段收视第一作品,曾与迪士尼直接合作,并在国际上多次获奖。2017年,创作电影《铃铛帽》代表中国儿童形象在近百个国家播出,获亚广联ABU"儿童戏剧合作项目"制片人选择大奖,并入围号称"青少年奥斯卡、艾美奖"的德国慕尼黑国际青少年影视节。

引子

时间:很久以前

人物:悠扬、乐子

【暗场,舒缓的音乐,只有乐子和悠扬清澈的声音。

悠扬:你最想去哪儿?

乐子:海边。

悠扬:你去过吗?

乐子:诗中写过、画中看过、歌里听过,我想,我很早就去过。

悠扬:也不知道咱俩脑中的大海是不是一样的。

乐子:可以邀请你,和我一起在海边老去吗?

悠扬:好呀。

乐子:你总是这样,不给个痛快话。

悠扬:走吧,我带你去。

乐子:说走就走的旅行吗? 你什么时候买的票?

悠扬:昨晚充的,咱公交还是地铁?

乐子:海平面已经逼近五环了么?

悠扬:不,二环,去后海。

乐子:那里是海吗!

第一幕 失踪

第一场

场景:酒吧、小路、出租屋

时间:某天晚上

人物:乐子、冬强、圆圆

【酒吧,屏幕上是球赛,乐子和冬强看球喝酒。冬强激动,乐子闷头喝着酒。

冬强:(站起)进、进、进、进!

【屏幕视频播放球未进,比赛结束。屏幕暗。

冬强:我靠——(坐下,拿出手机谄媚地递给乐子)哥、哥,我不该不听你的,你再给我参谋参谋,下一场,利物浦主场打埃弗顿,我买哪队?

乐子:利物浦让半球吧。

冬强:得,哥,我听你的!(就要点手机)欸,要不你也买点,你这几回连续猜对,可都没差!

乐子:你买你的,赔了别怨我,指着足彩发财还不如炒股。

冬强:哎哟喂,哥,您这也太消极了吧,能说点好听的么!得得得,咱还是先吃点东西吧,我今儿晚饭都没吃。

【小路,圆圆打着电话上。

圆圆:(撒娇)姐,我到现在晚饭都没吃上呢,啊,都要饿死了……拜托拜托,你就给我做点好吃的吧!什么都行!真的,真的,我都要站不稳了……我哪有夸张啊,不行不行,我得去路灯那儿扶着!

【圆圆赶忙去扶着路灯。

圆圆:我真扶着了!

【以下两个分开的表演区域语言互相呼应。

【酒吧。

冬强:要说这后海边的酒吧啊,酒哪家好喝我还真没品出来,这饭哪家最好吃啊,就数这家,今儿我请客,哥,您来点。(递过菜单)

乐子:你来吧,我都行。

冬强:那来个溜肥肠?

【小路。

圆圆:(瞬间精神)行啊! 硬菜!

【酒吧。

乐子:这个……有点太油腻了吧。

冬强:那来个清炒时令蔬菜?

【小路。

圆圆:好啊! 营养均衡!

【酒吧。

乐子:这个……太清淡了吧……

冬强:那土匪辣子鸡?

【小路。

圆圆:太棒了,够味儿!

【酒吧。

乐子:再看看别的吧,这两天有点上火。

冬强:那这个,蜜豆紫薯膏?

【小路。

圆圆:哎哟喂,我的亲表姐啊,还有饭后甜点啊!

【酒吧。

乐子:是不是太甜了点,容易胖吧……

【冬强"啪"地合上菜单,乐子抬头,两人对视。

乐子:怎么了? 不高兴了?

冬强:哪敢啊,我还指着我们足球网站的大编辑,我们的乐子哥,给我的足彩出谋划策呢,对吧,乐子哥,还是您来点,请……

乐子:算了,我这几天胃口不好,我还是先回吧。你自己点点吃吧。(要起身)

冬强:欸,别介啊,哪有一个人在后海边吃饭的啊,不知道的还以为是跟媳妇儿吵架了呢!

乐子:(黑脸)是我跟媳妇儿吵架了。

【小路。

圆圆:什么,姐夫又跟你吵架了?看我回去收拾他!……行行,姐,我一会就到家,我回来你跟我说!你别跟他一般见识。

【圆圆快步下场。

【酒吧。

冬强:不,不,是,乐子哥,您,您别跟我一般见识。我这臭嘴,怎么就给说中了。

乐子:没事,三天两头吵,被你说中的概率比足彩高。

冬强:哥,您这三天两头吵,啥情况啊……

乐子:没事,鸡毛蒜皮的事,反正,不吵也说你冷暴力,回去哄几句就好。那要不,你点点外卖带回去吧。

【出租屋。

【圆圆上,拎着钥匙开门进来。屋里没人。

圆圆:姐,我回来了!姐?姐夫?(自语)哪去了?

【圆圆环顾,在桌上发现一张外卖单。

圆圆:(念)菜都已点好,一会送到。什么呀,居然给我点外卖!还是不是我亲表姐啊。(拿起电话拨)

【音效:您拨打的电话已关机,请稍后再拨……

【圆圆放下外卖单,卸下身上的包。

圆圆:(自语)算了,外卖就外卖吧。

【圆圆一屁股坐在椅子上,喝了一口水,忽然站起。

圆圆:不对……

【圆圆忙拿起电话,拨。

【酒吧。

【乐子电话响,乐子正准备离开。

冬强:嫂子电话?

乐子:没事,是我媳妇儿她表妹。(接电话)圆圆……

【出租屋。

圆圆:(焦急)姐、姐夫,我姐……我姐她不见了!

第二场

场景:出租屋

时间:距离第一场半小时之后

人物:乐子、冬强、圆圆

【乐子、圆圆坐着。冬强四处翻翻找找。

冬强:我说,圆圆是吧,你这小丫头也太一惊一乍了,你表姐这东西不都确认了么,都在啊,洗漱的、钱包、衣服,连她的相机(举相机)都还在。欸,你怎么就说她不见了啊! 你这是要吓死你表姐夫啊!

圆圆:就是不见了啊! 怎么就不见了! 就是不见了!

冬强:欸,我说你这小丫头,你表姐不在家就是不见了啊?

圆圆:(坚定)今天是的!

冬强:哎哟喂,"今天是的"四个字,把我累得够呛! 你姐夫这一路狂奔的!

乐子:(擦汗)圆圆,你这咋咋呼呼的脾气要改改了。

圆圆:不,不是,你们怎么就都不相信我呢,我姐她就是不见了!

乐子:那你说说,你怎么判定她不见了? 她又是怎么不见了？

　　圆圆:我姐电话打不通了。

　　冬强:出门散步没电了呗。

　　圆圆:谁大半夜这点儿出门散步啊。

　　冬强:这还不正常,吵架了散散心呗。

　　圆圆:去散心哪有不告诉我就出去的啊!

　　冬强:那是你表姐,又不是你闺女,没必要跟你汇报行程吧!

　　圆圆:那……可是……反正就是女人的第六感!

　　【乐子走到一旁又去拨电话。

　　冬强:(不屑地乐)这理由太有说服力了,我表示无力反击。

　　【乐子放下电话回来。

　　乐子:冬强,还是打不通,照理说已经快一点了,就算手机没电也该回来了。

　　冬强:我靠,不会出门散步被绑架了吧!

　　圆圆:你!

　　冬强:(急忙捂住嘴巴)我错了哥,我呸呸呸。

　　乐子:我刚才也是一直担心这个。

　　圆圆: 你们怎么尽往这坏的事情琢磨! 不会不会,我姐肯定不是被绑架。

　　冬强:我说你这小丫头,不是又因为第六感吧。

　　圆圆:不是不是,你们让我捋捋!

【圆圆站起来,挠着头左走走右走走,乐子和冬强看得着急。

冬强:乐子哥,我觉得咱还是先出去找找吧,不行咱就报警。

乐子:(点头)行。

【两人正要出门。门铃响。

冬强:(激动)一定是嫂子回来了!

【冬强急忙开门,结果门口是一个外卖小哥,拎着外卖盒。

外卖小哥:您叫的外卖,钱已网上支付。再见!

圆圆:(冲过来大喊)站住!

【外卖小哥愣住,圆圆一把推开冬强,把外卖小哥揪进屋里,关上门。

外卖小哥:你们,你们要干什么?!

乐子:(同时)圆圆,你要干什么?!

冬强:(同时)丫头,你要干什么?!

圆圆:(语速极快,思路清晰,大侦探状)我终于捋顺了,今天晚上我给我姐打了一个电话,我说没吃晚饭,让做点吃的,按我姐以往的脾气,她肯定就给我做了,但是今天,奇怪的点就在这儿!今天,她支支吾吾犹犹豫豫,她说和姐夫吵架,对,就是你,这事儿我等会儿跟你算账。然后,奇怪的点又来了,我的言出必行的好表姐,亲表姐,在终于答应给我做饭之后,又爽了我的约,给点了外卖,还在外卖单上留了言,(把外卖单拍在冬强脸上),然后,我回家之后,她就,不见了!

冬强:(看完字传给乐子看,弱弱地)这,这说明了什么……

圆圆:这还不简单,第一,关键信息,我姐忽然不愿意给我做饭,推断结果:她已经做好今晚不在家的准备。第二,关键信息,和姐夫吵架,有充足离开动机。第三,我姐为难地答应给我做饭之后,又因为时间来不及,只能选择给我点了外卖,给我在外卖单上的留言也更好地说明了,她是要主动关掉电话,否则,她应该会电话告知我外卖信息!

【乐子看完外卖单,思想完全集中在圆圆身上,无意识地传给了旁边的外卖小哥看。外卖小哥也看着圆圆,无意识地接过看。

冬强:可我还有一个问……

圆圆:(伸手阻止冬强)我知道你的问题,如果怕手机没电不能及时通知我才给我留言,那就更说不通了,因为,她写留言的时候还在家里,完全可以带上这个就摆在明面的充电宝!(举起桌上一个充电宝)再者,刚才外卖小哥说了,这一单,居然还是网上支付,这说明了什么,她早就准备好了,不会在家里等待"到付"!综上所述,我姐,悠扬女士,她绝对是不见了！但是，绝不可能是被绑架，她的消失，只有一个原因，那就是——这是一场有计划有目的的离家出走！

【冬强和外卖小哥忍不住鼓起掌来。

冬强：她说得好有道理，我竟然无法反驳。

【冬强举起乐子的手，让乐子也一起鼓掌。

乐子：既然是这样，那我们在这里等你姐回来？

圆圆：找不到才等啊，找得到当然找啊！

乐子：这么漫无目的的，怎么找得到……

圆圆：谁说漫无目的！你们再听我说！

外卖小哥：那，和我没什么关系，我可以先走了吗？

圆圆：站住！和你没关系？和你关系大了！

外卖小哥：我，我只是个送外卖的……

圆圆：你，表面看虽然是个送外卖的，其实……

外卖小哥：其实我真的没有什么真正的身份啊……

圆圆：你当然不可能是什么外卖侠煎饼侠，但是，你在悠扬女士的"离家出走"案件里，很荣幸地成为一条最关键的线索！

外卖小哥：可是……我什么都不知道啊……你就放我回去吧，我还有别家的外卖要送呢……

圆圆：放你回去？怎么可能?！哈哈哈……根据我

的推断,悠扬女士在挂断我的电话后,她的行动顺序应该是——

【圆圆一边说一边表演。

圆圆:挂电话,准备做饭,看手表,时间不够,找到外卖单,拨通电话,一边点单,一边写留言,根据我回家的时间判断, 在确认地址的时候, 她就已经出门! 路上沟通完网上支付的问题,进行网上支付,最后,关机! 也就是说,这通电话,应该是悠扬女士在失联前的最后一通关键性电话!

外卖小哥:是啊是啊,她非说要网上支付,我们小店哪有什么网上支付,后来微信红包转给我的!

冬强:(恍然大悟,佩服地走上前)丫头,不,圆圆,这就是你说的第六感吗?

圆圆:(故作轻描淡写)别小瞧女人的第六感,这就是我在发现我表姐不见后一瞬间的心路历程。太复杂了,几句话跟你们男人说不清楚,只好简单地用"第六感"三个字来形容。

冬强:顶礼、膜拜!(一把抓住外卖小哥)快,从实招来!

外卖小哥:我,我招什么啊……

圆圆:你这样问是不行的。让我来吧。

【圆圆抬手,冬强忙扶圆圆落座,站在一旁。

圆圆:第一个问题,这位订餐的女士,跟你通电话的时候,情绪如何?

冬强:(重复)情绪如何?!

外卖小哥:好像……好像不太高兴。

冬强:(忙拿起桌旁的小本子记录)不太高兴。

圆圆:那你有听到砸门的声音吗?

冬强:(重复)有砸门的声音吗?

外卖小哥:砸门?

【冬强来到门口,做开门关门状。

冬强:就是这样的声音。

外卖小哥:好像……是有那么一声。

冬强:还真有!(记录)有砸门的声音!

圆圆:砸门之后,你还有听到什么声音吗?

冬强:(重复)你有听到……

【圆圆举手示意,冬强急忙闭嘴。

外卖小哥:(仔细回忆)没有什么特别的吧……

【冬强在一旁记录。

圆圆:有没有打车的声音?

外卖小哥:应该……没有,好像后来一直在走路。

圆圆:你们这通电话打了多久?

外卖小哥:挺久的,她说要网上支付就说了好一会,得有……十几分钟吧。

圆圆:那这十几分钟,除了一开始的砸门之前,她后来一直都在走路吗?

外卖小哥:好像后来在哪里坐下了,我听到有人说"欢迎光临,小姐几位",然后有一些音乐的声音……

【乐子有些紧张地走过来。

乐子:她……她说几位……

外卖小哥:几位……她这好像没说。

圆圆:姐夫,不用问了,姐姐还在后海边上,就在咱这房子附近步行十分钟左右的哪家酒吧!(对外卖小哥)你走吧,我还你自由了!

外卖小哥:谢、谢女侦探!(抹汗)送个外卖也有风险!(急忙跑出门)

圆圆:(对乐子)还等什么啊,这会儿有方向了还不去找啊!

乐子:要不我在家里等等她,说不定一会儿就回来了呢。

圆圆:你就放一百个心,女人离家出走,这会儿,回不来!

【圆圆拉起乐子紧接着跑出门。

冬强:欸,等等我。(急忙放了笔和本子追出去)

第三场

场景:出租屋、小路

时间:悠扬消失第二天清晨7点以及回忆中的

某一个夜晚

　　人物:乐子、小马、王叔、圆圆、冬强、悠扬

　　【出租屋。乐子垂头丧气地回屋,一边拨打着电话。

　　乐子:啊……是吗……没见到她啊……没事没事,她要来找你,给我回个电话。

　　【乐子又拨一个电话。

　　乐子:圆圆,怎么样?……这酒吧也找遍了,要好的亲戚朋友也都打过一圈了……哎,你们也先歇歇吧,等她气消了再说吧。

　　【乐子半死不活地坐下,看了看空荡荡的屋里,仰头眯上眼睛想稍事歇息。

　　【门铃响。乐子一下子站起来,快速去开门。

　　【门外站着乐子同事小马,拎着袋子。

　　小马:早上好! MORNING!

　　乐子:(失落)是你啊……

　　小马:不欢迎吗?(嬉皮笑脸)领导听说你病了,急得不得了,让我代表公司来看望一下。(举起手里的袋子)

　　乐子:(看手表)七点不到,有这么一大早来看望病人的啊?

　　【乐子自己回去坐下。

小马:也不迎我进来。(进门)都说你心眼儿多,说话刻薄,我是从来不理这些嚼舌头的。看看,危难时刻还是老朋友想着你吧,昨天半夜才收到你的请假邮件,今天一大早就来看你!看看咱这交情。唉你到底哪儿不舒服啊。(趴着头问乐子)

乐子:(把头侧到另一侧,眯上眼睛)头疼。

小马:哟,这弟妹也不陪你去医院,不是吵架了吧?

乐子:我们俩好着呢,您老就别费心了。

小马:也是,瞧这脸色蜡黄儿的,是真病了。

乐子:回去可以向领导报告了。

小马:当然得报告了,我们公司首席才子,虽疾病缠身,仍带病坚持工作,精神可嘉哩。

乐子:什么?带病工作?什么工作?

小马:叫你早点用微信,你就是不用,通知在微信群里。我说,现在这社会,除了老头老太太,就你一个人不用微信了吧!不,老头老太太现在也都用。

乐子:有事打电话多好,一句一句地不累啊。

小马:说你"咯咭",真是一点儿都不过分儿!那明天的片子怎么办?

乐子:什么片子?

小马:你看,他们底下人干活就是毛手毛脚儿的,任务也分配不清楚。(玩桌上足球)哟,还找灵感呐？这工作态度，太值得大家学习了，怪不得领导说，这头一期"水煮英超"的片子交给别人做不放心，还就得由你来操刀。

乐子：领导什么时候说的。

小马：在微信群里啊，就没人给你转达么？

乐子：但是这期不是被你们抢过去做了么？

小马：那我就不清楚了，领导这么安排自有他的道理吧。

乐子：不是，40分钟的片子，我素材还没有呢！明天就要，根本不可能做出来！

小马：噢，素材我给你带来了。就怕你没有高清的！看！（袋子里掏出硬盘）40多个G，也不是很多哈，要说人家英国这转播技术就是好，飞猫、航拍，都用上了，重要场次就是不一样儿，你慢慢看，凭你的技术，估计熬个通宵加半个白天，差不多了。

乐子：我问老板。（就要拨电话）

小马：老板昨天飞欧洲了，这会儿估计正睡觉吧，片子这边的事，都交给我了，你做好可以直接发他邮箱，抄不抄送我，无所谓啊，我相信你的技术。当然，我也要跟你介绍一下，我现在是后期总负责人，对了，也是在微信群里宣布的，谁让你不用微信，那天我在群里喊大家吃饭，你是不是也不知道啊，怪不得没来呢！

乐子:你这硬盘拿走,我不剪。

小马:知道剪辑辛苦,所以我特意为你争取了3000元的酬劳,这在公司以前可是没有的啊。

乐子:婚庆那水平的剪辑都比这多。我不和你吵,这活太重要,我来不了,您可以亲自上阵。

小马:具体我就不管了,交代清楚,也算给你当了回人工微信,面儿很大的。(抄起袋子起身走)

乐子:不送!(一脚踹上门)

【门铃声。

乐子:(不耐烦地开门)我说了我不剪!

【门开,是房东王叔,王叔拎着一个收音机,里面播放着咿咿呀呀的戏曲。这收音机是便携易控的,一拍就响,再拍就停。

乐子:呀,是王叔啊,您这一大早,不出去遛弯啊。

王叔:归置归置吧,明天有新租客来看房。

乐子:王叔,您怎么不提前跟我打个招呼。

房东:跟你打招呼?我退休前,逢人就打招呼;下班回家,还得和老婆孩子打招呼。今天好容易我能尝尝被打招呼的滋味了,我还得和你打招呼?

【房东一拍收音机,收音机顿时停止播放。

房东:(指着桌上足球,又举起相机)有钱买这些

玩意儿,没钱交房租? 今天没收到租金,明天收拾走
人!

　　乐子:不是王叔,您就让我再缓个几天。

　　房东:小子,咱爷们处了两年多,我没涨过你房
钱,打听打听五环外都涨成什么价了,这儿又是什么
地介,这是后海! 都拖了一个礼拜,最大的面儿,再多
给你一天,明天不交租金,后天搬家走人!

　　【房东一拍收音机,哼着戏曲悠哉地离开。

　　【乐子关上门,拨电话。

　　乐子:老二啊,你最近手头方便吗,嗯,交房租了.
....五千啊......够,够了,我下个月发工资再还你啊。
(挂断手机)还差三千。

　　【乐子走到桌上足球那儿重重摆弄,结果一下子
划了手,乐子郁闷地拍打桌上足球,在一旁抑郁地坐
下,趴在桌上足球的一角。

　　【小路,圆圆和冬强咬着包子拿着豆浆上场,走
到路边的长椅旁。

　　冬强:女侦探,这你姐也不在酒吧啊。

　　【圆圆在长椅坐下吃包子,冬强也顺势坐下。

　　圆圆:我只能推断我姐打完电话去了酒吧,她后
来又换地儿,我也阻止不了啊!

　　冬强:有道理! 来,女侦探,女的神侦探,简称女

神侦探,您来点豆浆,再给分析分析你姐后来有可能去哪了啊。

圆圆:这再一步的分析,就不能从那么表面的逻辑看了,咱得看我姐离开的深层原因了。

冬强:你姐不是因为和乐子哥吵架了才离家出走么!

圆圆:那为什么吵架呢?

冬强:为什么?

圆圆:我姐夫最近是不是工作不太顺利? 房租都交不上了?

冬强:好像是听说过,莫非,难道,你姐是傍了土豪,跑了!

圆圆:你想什么呢! 我姐是这样的人么! 当年我姐夫比这会儿可穷多了,我姐还不死心塌地跟着他,这会儿跑什么跑啊! 你说我姐有了新欢都比这土豪有说服力!

冬强:说得有道理。

圆圆:你看他俩,最近这段日子,吵架、冷战、分手、和好,再吵架、再冷战……有时候我都看不下去了,我姐那么好,他还老不给我姐好脸!

冬强:女神侦探,这你还真误会我乐子哥了,他对你姐啊,已经是很好的脸了!

圆圆:一天到晚吊着个脸,跟谁欠他似的,真就有那么多不开心的事啊,从来不往好的方向琢磨,我真是不明白我这姐怎么看上那么个脸瘫的。

冬强:哎哟喂,女神侦探,这你可就别瞎下结论了,你姐夫还不是这几年被这生活给压成了这幅脸瘫样儿啊!要知道,他俩刚认识那会儿,我估计你还没来上大学吧,你不知道,他俩那时候好着呢!

【出租屋,光线和之前明显不同,悠扬穿着一条简单复古的连衣裙,从里屋一下子跳到桌上足球的另一端,握起杆子一击打。

悠扬:我赢了!

乐子:(抬起头)好啊你,趁我不注意,偷袭我!

【悠扬笑着跑开,乐子追,追到一把抱住悠扬。

乐子:走走走,咱公平公正地再玩一局。

悠扬:我跟你玩足球,哪有公平公正啊,就像我让你唱歌……(说着自己咯咯地捂嘴笑)

乐子:有什么可乐的,我唱歌怎么了,我现在就给你唱!

悠扬:你等着,等着,我去拿相机给你录下来!

乐子:录就录,who 怕 who!

【乐子在桌上足球旁正襟危坐,悠扬跑下,拿了个相机又跑回来。

悠扬:好啦,你可别后悔哦,我会经常拿出来给你的亲朋好友们欣赏的哦!

乐子:(站起,清嗓子)求之不得!

悠扬:开机!

乐子:(摆出一副要唱高音的架势,在开口的一瞬间画风一转)各位听众,各位观众,港澳同胞,海外侨胞。或许您刚刚打开电梯,今天是农历正月十五星期八,值此中秋佳节,给大家拜个晚年。今天的天气是(看看窗外),看不清楚,话不多说,让我们看比赛,(配合桌上足球)只见曼联队 1 号传给 2 号,2 号传给 3 号,3 号传给 4 号,4 号又传了回来。这时,5 号队员下底传中,这球传的是又高又低,被解围了出来,6 号球员跟进 30 公里以外一脚远射,球……进啦……进啦,进啦,进啦!

【悠扬乐得关机。

乐子:怎么样,唱得不赖吧!

悠扬:我说你这人,平时话不多,一说跟足球有关的事情,怎么就浑身来精神。

乐子:所以这就是我终身追求并要为之奋斗的事业!

悠扬:同学,我看好你!

乐子:那来点实际的呗。(凑过来脸)

悠扬:(亲到很近的距离,停下)哪有这么便宜的好事啊,都没给我唱歌,还想要实际的!来,唱一个

先！（举起相机）

乐子:你真要听啊？

悠扬:（乐不可支）真要。

乐子:那你把相机拿开,咱不录。

悠扬:行,没问题。

乐子:（摆好架势,又停住）那,你唱一句,我唱一句,行吗……

悠扬:行,没问题！（唱）如果大海能够带走我的哀愁……

乐子:（走音到极点地唱）如果大海能够带走我的哀愁……

悠扬:（爆笑）太哀愁了！

乐子:哎,天生没有音乐细胞,一点儿办法都没有啊！只能被后海某著名歌手嘲笑啊！

悠扬:好吧好吧,我这次一定不笑,这样,深呼吸,来,吸气,呼气,吸气,呼气,想象你的面前就是那一望无际的大海,来,饱含深情地,（唱）如果大海能够带走我的哀愁……

乐子:（饱含深情地走音）如果大海能够带走我的哀愁……

【悠扬更加爆笑。

乐子:咳,这问题主要在想象,等我有钱了带你去马尔代夫看海,那会儿我肯定能唱好！

悠扬:哪用得着去马尔代夫啊,走,我带你去看海!

【悠扬拉起乐子的手,到二楼阁楼,推开门,到阳台。

悠扬:你看,大海!

乐子:这是后海!

悠扬:后海也是海啊……

乐子:这后海怎么能是海呢,也就是名字里带了个"海",这顶多算是个大湖。

悠扬:你这人怎么就那么较真呢,坐下。

【悠扬拉乐子坐下。

悠扬:你看,这些星星点点的灯光,不像投射到大海上的星星吗?

【灯光渐变。

乐子:你呀,就是想象力太丰富。

悠扬:你看那个高一点的倒影,像不像海上的灯塔?

乐子:(嘿嘿地笑)我看着……不太像……倒是挺好看。

悠扬:是啊,这海,真美!

乐子:这是湖,叫后海……

悠扬:(伸出食指放在乐子嘴边)嘘!

【悠扬靠上乐子肩膀,唱起《面朝后海,春暖花开》,(歌词待定)。

【两人闭上眼睛,幸福依偎。

【收光。

【起光。

【圆圆拎着钥匙开门进来,乐子原本趴在桌上足球的一角,惊醒。

乐子:悠扬! (见是圆圆)哦,是你啊……

圆圆:欸,刚在桌上的相机呢?

乐子:我刚睡前还看到过……

圆圆:姐夫,除了我们三个,是不是没人再有钥匙了?

乐子:没有,连王叔都没有。

圆圆:那就是我姐刚才回来过啊! 肯定是的!

乐子:那她拿相机干什么?

圆圆:快看看还少了什么?

【两人忙四下看。

乐子:她就把相机拿走了。

圆圆:太好了,今天她能来拿相机,明天就可能回来拿其他东西。

乐子:(惊喜)那我们就等着她! 等着她!

第二幕　怀疑和放弃

第一场

场景：出租屋

时间：悠扬消失的第三天以及回忆中的某一个晚上

人物：乐子、圆圆、王叔

【门开着，乐子和圆圆拿着钥匙站在门口呆立，看着原先摆着桌上足球，现在已经空了的位置。

圆圆：我姐也太神了，她衣服钱包不拿，前天来拿个相机，今天来拿这么个大东西！她这是要干吗啊！

乐子：她是铁了心不见我了。

圆圆：为什么这么说啊？

乐子:她带走的,都是我们美好的记忆。

圆圆:我的大姐夫啊,您老就不能往好的方向想吗,这是我姐还想着你啊!

乐子:(郁闷坐下)我们刚才就出去了那么一会儿!

圆圆:我知道了!我姐肯定就在咱家附近的哪儿啊,她能看到我们的一举一动!说不定现在,她正拿着一个望远镜……(表演)嗖嗖嗖,监视着咱们!她不会……就躲在王叔那儿吧!

【戏曲声音,王叔上。

王叔:哟,说我什么啊?

圆圆:没,没什么……(小声对乐子)姐夫,房租还没交啊?你那三千的工作真没做啊!

王叔:(走到原本摆着桌上足球的空地)这该卖的也卖了,怎么也不见房租的影儿啊!

乐子:叔,我明天……

王叔:今日复明日,你这是要等到下个月啊!没什么好商量的了,麻利点,今儿晚上,都给我搬干净了。

乐子:王叔,我今晚还真不能搬,我要搬走了,悠扬回来,要找不见我们了。

圆圆:(撒娇)就是啊王叔,您就再通融通融嘛~

王叔:通融?你看看这儿是哪,后海,连着故宫龙脉！听说过那句话么，"先有什刹海，后有紫禁城。"这通融一天，都是白花花的银子！

圆圆：(夸张地表演)所以您就是我们的再生父母啊！对吧姐夫？

乐子：(演不下去)还、还行吧……

圆圆：怎么还行啊，王叔要是让我们继续住在这儿，咱就不至于落魄街头，流离失所，能专心工作，夫妻团聚，不仇视社会，这不就是再生父母么！

王叔：既然你都这么说了……

圆圆：(瞪着大眼睛，期待地)嗯！

王叔：那就得听我的！今儿晚上，搬干净喽！(走)

圆圆：(嘟囔)这也太不近人情了！

王叔：(走到门口，回头)忘了说，姐姐都弄丢了，妹妹还住这儿，你们这关系怎么着我管不着，知道的是你们年轻人没谱，不踏实过生活，别让不知道的以为我们家房子风水不好！

圆圆：你！

【王叔关门走人。

圆圆：亏我还怀疑我姐去他那了，真是要毁了自个儿女神侦探的一世英名，我要是我姐，打死也不可能躲他那儿！

乐子：他也不可能让你姐躲。

圆圆：就是。

乐子:但是他有一点说得没错。

圆圆:(心虚,顾左右而言他)什么啊,哎哟我得去学习了。

乐子:你回来。这都三天了,你姐姐一点消息都没有,你还打算在这住么?

圆圆:你是觉得不方便?

乐子:你觉得呢?

圆圆:你不用不好意思,这是你的家,没什么不方便的,你该干嘛干嘛。

【乐子无语。

圆圆:要不,我把我那一千的零花钱给你,我分摊点房租还不行嘛!

乐子:房租的事我想办法,你一会收拾收拾,回学校住吧。

圆圆:我的亲表姐夫,我要不是在学校里被吵得完全没法睡,我也不至于来投奔你和我姐啊!

乐子:现在你姐不在。

圆圆:好,你说的,那只要我姐在?我就不用搬走,对不?

乐子:我有这么说吗?

圆圆:当然!那就简单了,你快再给我说说你们吵架的事,我分析分析!我保证能把我姐给揪出来!

乐子:揪出来有什么用,她如果想离开,还是会离开的……我还是在这儿等她吧，等她想回来的时候,她就回来了……

【灯光变幻,悠扬出现在阁楼阳台扶着栏杆往外看。

【乐子从阁楼出。

悠扬:(高兴地搂住乐子)回来了?

【乐子情绪不佳。

悠扬:怎么了? 公司又出什么事了?

乐子:没事,不影响你心情了。

悠扬:两个人在一起,不就是互相唠叨的嘛。

乐子:说了你也不懂,没事。

悠扬:我哪有不懂啊,你跟我说了那么多足球,我现在可算半个足球通了哦,我可都还有做笔记呢!

乐子:我只是个足球网站编辑,懂那么多足球,也没什么屁用。

悠扬:怎么没有用了,我就觉得你可厉害了,你看看你以前看球的时候给我预测的结果,准确率可比那些专业预测的人高多了!

乐子:也就你这么认为吧。

悠扬:你自己不觉得,我都有做统计的呢!

乐子:统计那个有什么用,走吧,外面凉,回去吧。

悠扬:我不,你笑一个,你笑一个我就回去。

乐子:乖,别闹,我现在笑不出来。

悠扬:那我给你讲个笑话吧!

乐子:好吧。

悠扬:从前,有一个姑娘,她的爱好是逗乐子,
(自己哈哈笑)于是她就开始逗乐子了!(挑乐子的下
巴)逗啊逗啊逗啊逗,乐子,你怎么还不笑呀!

乐子:(推开悠扬)别闹。

悠扬:哎呀你别老想那些不高兴的事,我都那么
卖力地逗你了,你给点面子啊,再想想那些开心的事
啊……

乐子:哪有那么多开心的事啊……房子是租的、
车子也买不起,以后还有孩子,孩子上学怎么办,北
京户口现在多难啊,我们的父母都离那么远,老了又
怎么照顾……

悠扬:(不高兴)我说乐子,你有点意思没有啊!

乐子:我就是这样一个人,你又不是不知道。

悠扬:你以前哪是这样的!

乐子:那是年少无知,奋斗了这么些年,我连稳
定的生活都还不能给你。

悠扬:比起稳定的生活,我更希望能有一个快乐
的你!

乐子:你可以这么想,但是我不可以。每次你说

在这里看海,我都很自责,答应的马尔代夫,到现在也遥遥无期。

悠扬:这怎么不是海,在我眼里,后海就是最美的海啊,我们在这里相识、相知,这里有我们一切的美好记忆,为什么放着这么美的海不看,非要去那个跟我们毫不相干的马尔代夫呢。

乐子:你这是阿 Q 精神。

悠扬:那又怎么样。

乐子:所以你们安逸不进取啊。

悠扬:那进取就要每天苦着一张脸,为了抗议工作不用微信,交不上房租也不愿意我去酒吧唱歌,连和我的朋友见面都不愿意啊?

乐子:我本来就跟他们没什么共同语言。

悠扬:所以我昨天也没去啊,我在家陪你,你还是不高兴。

乐子:我怎么不高兴了。

悠扬:我不想说了,再说要吵架了。

【悠扬从阁楼下,乐子追下。

乐子:我没有不高兴。

悠扬:你还没有吗,从头到尾黑着个脸,吃饭的时候我就说你一句吃得太快,就和我生气了。

乐子:那是我从小吃饭的习惯!

悠扬:你不知道那样对胃不好吗?

乐子:男的吃饭狼吞虎咽不行吗,非得吃的那么娘就对胃好了?

悠扬:(急)问题是每次和你出去吃饭都搞得我很紧张,你总是那么快就吃完,总觉得你在等我赶紧吃。

乐子:你该怎么吃就吃你的啊。

悠扬:(大声地)那样我真的不习惯啊。

乐子:(大声地)我也不习惯一口嚼 30 下再咽肚子里。

悠扬:(努力让自己冷静)我们为什么要为这么一件芝麻大点的小事吵架!

乐子:是你让我别保持沉默,说那是冷暴力。

悠扬:那我也没有让你吵架!

乐子:我没有吵架,我只是在和你说话。

悠扬:(抓头发)我说不过你,我不想跟你说话,我要回楼上看海去。

乐子:(发怒)我说了,你别这样行吗,你这样让我觉得我自己特无能!

悠扬:(爆发)乐子,你知不知道,你不是无能,你是像一块腐朽的木头,毫无生气的烂木头!我在你身边找不到任何快乐,只有无穷无尽的……负能量,是的,负能量!你就从来不往好的方向去想,我不是阿Q,我只是希望生活里充满了希望,我只是觉得哪里都可以成为我们的乐园,并不一定非要买房子,我们才能幸福,并不一定非要去马尔代夫,我们才算看了海!算了我不说了,我觉得我要再跟你待下去,我也要变成一块腐朽的木头了!

【悠扬夺门而出。

【灯光变幻。乐子、圆圆回归到回忆开始之前的状态。

圆圆:我姐后来去哪了?

乐子:她就去后海边走了走,然后就回来了。

圆圆:没什么不对劲的地方?

乐子:我后来听她给人打了一个电话,说什么谢谢他说了那么多安慰的话,之类的吧。

圆圆:他是谁?

乐子:你姐的……一个朋友。

圆圆:什么朋友?

乐子:也是个酒吧歌手,有那么点小名气,我常去的沧浪酒吧,晚上还邀请了他去演出。

圆圆:姐夫,这么重要的信息,你怎么不早说啊!

乐子:说了又能怎样……

圆圆:那也得搞清楚我姐是不是在那啊!不行,姐夫,咱晚上一块儿去沧浪刺探刺探?!

乐子:我不去。

圆圆:你真不去?

乐子:不稀罕。

第二场

场景:酒吧、小路

时间:悠扬消失的第三天晚上

人物:乐子、冬强、圆圆、大飞

【圆圆和冬强头上顶着一大束草坐在台下。

冬强:女神侦探,(指草)你不觉得这很夸张吗……

圆圆:这有什么夸张的,跟踪嘛,总是要有点掩护措施的。

冬强:可是你这掩护措施,也太刻意了吧……

圆圆:你没见后海边大人小孩,现在一个个头上都顶着个草,我们这就是大了几号而已,多么自然啊!

冬强:哎哟喂,这是一个东西么……

圆圆:嘘嘘嘘,来了来了!

【大飞上,在酒吧舞台区域坐定,开始很酷的弹唱。

圆圆:唉你看你看,你看他这黄色头巾!

冬强:这有什么不对的,多时尚啊!

圆圆:我姐最喜欢的颜色就是黄色啊!会不会是我姐给搭配的?快拍下来!

冬强:这……这也太牵强了吧……

圆圆:你不相信我的第六感了?

【冬强忙闭嘴,掏出手机咔擦拍下。

圆圆:你看他的鞋子!

冬强:我先拍!(拍)

圆圆:是我姐最喜欢的品牌!

冬强:(给圆圆递上手机)您过目!

圆圆:啊啊啊,不得了了,不得了了。

冬强:您又发现什么了?

圆圆:你看到他的弹琴的右手了吗?

冬强:这真的很正常啊。

圆圆:这还叫正常,你看他不弹的时候,不是规规矩矩放在旁边,还在那打着节拍!

冬强:这说明他心情很好吗?

圆圆:不是! 这是我姐的习惯!

冬强:什么意思?

圆圆:只有一起生活的两个人,才能有相同的动作啊!

冬强:女人的思维,我真是不懂……

圆圆:你不用懂,快拍!

【冬强举起相机。

圆圆:这是动态,你得再录个小视频!

冬强:遵命、遵命!(正要拍)

圆圆:这么远,靠近点!

冬强:不会露馅吗?

圆圆:你装成狂热粉丝不就行了!

冬强:那我们为什么还要在头上戴草?

圆圆:这……万一他记性很好,下次在别的地方也不至于被认出来啊!

冬强:你说得好有道理!

【冬强靠近大飞拍摄小视频。大飞还配合地看镜头表演。

【一曲终了。

【冬强假装热烈鼓掌。

大飞:谢谢! 今天的粉丝很热情,那我就再给大家带来更多一点的热情!

【大飞开始弹唱快节奏歌曲,带表演。音乐很大声。

圆圆:(小声)冬强!

【圆圆发现冬强根本听不见,也假装粉丝挥舞起手臂走到冬强旁边。

【艺术化处理,大飞一个动作,圆圆一拍冬强,手一指,与此同时冬强拍照,相机闪光灯一闪,同时,大飞该动作定格两秒左右。所有人又恢复,继续重复该动作若干次。

【一曲终了。

大飞:谢谢,谢谢你们的热情!我爱你们!

【大飞下。

【圆圆和冬强从酒吧至小路,还沉浸在刚才的氛围中。

冬强:(重复唱歌和动作)

圆圆:太帅了!

冬强:别说你姐,我都要迷上他了!

圆圆:比我姐夫……

【圆圆发现了坐在路边长椅的乐子。

圆圆:啊,没我姐夫帅!

【冬强也发现了乐子。

冬强:啊,乐子哥,您,您怎么在这啊……

乐子:(站起就要走)哦不是的,我就是……刚好路过这儿。

圆圆:对对对,我姐夫,才不稀罕来刺探呢。

冬强:就是就是。

圆圆:是我们来刺探了,一定要跟姐夫汇报!

冬强:没错,您看照片!

【冬强递上照片,圆圆在一旁讲解。

圆圆:你看这头巾,这鞋的牌子,这个小动作,还有这个戒指,这个手势,还有这个、这个……

【乐子失落。

圆圆:姐夫,综上所述,我觉得,咱有必要对这个人进行全方位的跟踪!

乐子:(失落地)不必了,这些,本来就是他们都有的习惯。

圆圆:那也不能确认我姐没在他那啊……

乐子:在不在那还有所谓吗? 你姐一直说他是蓝颜知己,还列举了好多他们的默契,过去我不信,被你这么一张一张地拍出来,我真的觉得……他们挺合适。

【乐子离开。

圆圆:唉姐夫……

冬强:这什么事儿啊……

第三场

场景:出租屋、小路

时间:悠扬消失的第三天晚上

人物:乐子、冬强、悠扬

【出租屋,乐子收拾行李在打包。冬强在一旁听微信。

冬强:(听完对着电话)我知道我知道。(走到乐子面前左右阻止)乐子哥,你不再考虑考虑……

乐子:你把圆圆叫回来,让她也快收拾收拾。

冬强:她现在哪敢回来啊。

乐子:那你帮她收拾。

冬强:她让我问你,真的,不等她姐了吗?

【乐子长时间的沉默。

冬强:乐子哥?

乐子:你先回去吧,让我一个人静静。

冬强:……噢,那,哥,有事电话。

【冬强出门。

【乐子一个人看着出租屋,灯光变幻。

【乐子缓缓地走到衣柜,打开柜门拿出一件衣服对叠,准备放进箱子。

【悠扬上,拿过乐子的衣服。

悠扬:叠衣服得把袖子先往里,不然窝在那太难看了。

乐子:悠扬? 你回来了?

【悠扬不回答,没有任何反应,只是在叠衣服。

乐子:(苦笑)我知道了,是我的幻觉……幻觉也好,幻觉,我也能对你说说话,所以你先别离开好吗? 我不伸手碰你,(往后退)我知道,我一伸手,你就会消失,是吗,电视上都是这么演的,那你就在这里,我就跟你说说话,好吗……

【悠扬又从衣柜里拿衣服叠。

乐子：好，我就当你是答应了。悠扬，你知道吗？自从你走了以后，做每一件事情，我都觉得那么困难，我真的是一个生活的弱者，所以我悲观、消极，你说得一点儿都没错，我就是一块腐朽的木头，我打着为了我们幸福的未来的旗号，做着让我们没有未来的事。我知道是我不对，可是悠扬，也许，我真的只是想逃避……谁说爱上一个人时，就能迎来最好的自己呢？我怎么一直都是最糟糕的样子？太多的失败，我真的不知道怎么再去开心？我真的不知道，我真的不知道，你们都是怎么做到的，你们都是怎么对着镜子微笑的……

【乐子很努力地挤出一个难看的笑容。

乐子：你看，我真的不会笑了，我知道我深深地伤害了你，所以你才会不打一声招呼地离开我，消失、不见……

【乐子蹲下，像一个受伤的小男孩。

乐子：（蹲着抬头）但是，我无时无刻不在告诉自己，（站起）这就像我第一次来看你的那场演出，你忽然消失，但也会凭空再出现！对吗？悠扬，我亲爱的，我亲爱的悠扬！

【乐子看悠扬，悠扬没有反应。

乐子：可是悠扬，我还要再等下去吗？你们，是那么地登对，那么默契，那么有共同语言……就像你们，肯定能一起在这里看海，一起唱着那首好听的歌……（哼唱《面朝后海，春暖花开》歌词）

【悠扬叠完衣服，缓缓下场。

乐子：你看，我唱得太难听了，把我的幻觉都吓走了……（对着悠扬离开的方向伸手）我是该放手了……

【乐子拎起桌上的一瓶啤酒，出门。

【小路，酒吧里各种闹哄哄的音乐，乐子拎着啤酒醉醺醺地上，扶着路灯。

乐子：没什么大不了的。北京那么多人，难过的又不止我一个。

【乐子继续喝酒。

【一个穿着连帽衫，把帽子压得低低的小伙子走过来。小伙子唱着 HIPHOP 走到乐子身边，抬头看了乐子一眼，乐子惊讶地发现，小伙子的脸是悠扬。（由悠扬扮演，模仿小伙子唱 HIPHOP 的状态）

乐子：（甩甩头）悠扬？

【小伙子下。乐子跌跌撞撞苦笑着坐到长椅上。

【灯光变幻，后海边不同的酒吧里飘出的不同的歌声，都渐渐统一变成了悠扬的《面朝后海，春暖花开》。

乐子:(痛苦甩头)醒醒,乐子,你他妈的别再想着她了!

【音乐化处理,扮演悠扬的演员分别再饰演老太太、遛狗小姑娘、戴墨镜的盲人、举着鲜花的女孩,从舞台左右穿过,每出现一次换一件外套或帽子或道具等。

【老太太走累了在乐子旁边坐下,乐子急忙起身,一个趔趄。老太太不解地看乐子一眼,离开。

【乐子晃晃悠悠走的时候,无实物表演遛狗的小姑娘背狗牵着跑。

小姑娘:别跑!

【小姑娘一下子撞在了乐子身上,乐子赶忙躲。

乐子:你,你离我远点儿!

小姑娘:对不起,对不起啊……

【小姑娘跑下。

【拄着拐杖戴着墨镜的盲人上,乐子绕道走,盲人在乐子身边饶了一大圈。下。

【卖鲜花的女孩缠着乐子买鲜花。

女孩:来一枝吧!送给你女朋友啊……

乐子:你、你别过来!

【乐子踉跄地走,屏幕上开始播放球赛。所以人的脸都变成了悠扬的脸。《面朝后海,春暖花开》的音乐也越来越快,重复交织在一起,营造迷乱的氛围。

一个足球的特写,足球也变成了悠扬的脸,悠扬的脸
冲镜头过来,占满了整个屏幕。

　　乐子:(痛苦地捂住脑袋)啊——

　　【屏幕视频消失,音乐消失。

　　乐子:(长时间看着观众)我、我要为你改变,(饱
含深情)悠扬,我不能没有你!

第三幕 重新追寻

第一场

场景：酒吧

时间：悠扬消失后一周

人物：乐子、大飞

【乐子局促地坐着。大飞从门口进。

大飞：终于还是来找我了？

【乐子起身伸手要握手。

大飞：握手？太俗气。

【乐子尴尬地收回手，不料大飞给乐子一个大大的拥抱。

大飞：这才是我的风格。

【二人抱着。

乐子:你经常这么跟悠扬打招呼?

【大飞马上放开乐子。

大飞:你可真会联想,难怪悠扬说你……

乐子:(有些焦急)说我什么?什么时候说的?在哪说的?

大飞:一下子三个问题,我先回答哪一个?

乐子:都不重要了,我来找你只想问你一件事,悠扬……是不是在你那里?

大飞:我倒真希望在我这儿,我就是从同学那儿听说,她离家出走了?

乐子:你们……这么要好,你一点不着急?这不是有点奇怪吗?

大飞:奇怪吗?从上个月你们吵架的频率看,不离家出走,我倒觉得奇怪。

乐子:她什么都跟你说……

大飞:你不哄她,只有我哄她了。

乐子:(站起)你!

大飞:怎么,你不感谢我还要发火吗,这本来是你的工作。

【乐子沉默。

大飞:你既想躲在角落里清高洒脱,又想体验人生巅峰的感觉,如今的世界允许你这样吗?要么出世要么入世,半出半入,又不出不入,蹉跎了光阴,空留感叹算怎么回事。

乐子:(坐下)对,是我的不对……那你能给我一句实话吗,悠扬,她到底有没有在你那?

大飞:我就一句话,我要是把她藏起来,今天,你也约不着我。

乐子:我信你,那你是不是知道她在哪里?

大飞:亏你还是她男朋友,悠扬决定离开,肯定不会留下线索,因为她知道,我肯定是被重点怀疑的对象,她怎么能告诉我呢。

乐子:我好像还没你了解悠扬。

大飞:毫无疑问,她能爱上你,我认为,这简直就是个奇迹。

乐子:你是说她应该爱上你?

大飞:我可没有这个意思,我只是说,像她这么一个优秀的女人,完全应该爱上一个更了解她的男人。

乐子:我知道我以前做得不好,但是,我会努力。

大飞:我说话很直接,我觉得,你再努力,也不能和她成为同一个世界的人。你连唱首歌都没法好好完成,更别说时值、拍子,我听说你连微信也不用,那你就更不会看她的朋友圈吧,她的心情好不好,她在想什么,你知道吗?我也没空分析你们的性格、家庭的差距,就这两点,我觉得也能看出个所以然了。

乐子:是的,我承认,但是你和悠扬有那么多的相同点,她还是选择和我在一起。所以我相信,并不是非要在一个世界的人,才能在一起。

大飞:嗯,有点儿道理,不过,我只想问一个问题,到了你这个尴尬的年龄,事业没有任何曙光,混了这么多年,车号摇不到,户口给不了,房子买不起,焦躁不安,喜怒无度,就算悠扬回来,你好意思准备和她求婚么?

【乐子沉默。

第二场

场景:出租屋、酒吧

时间:悠扬消失后半个月

人物:乐子、小马、圆圆

【乐子对着电脑工作,圆圆推门进。

圆圆:姐夫,我刚遇见王叔了,这又到月底了,明天又要交房租了,咱下个月的房租你赚出来没啊?

乐子:还差三千。

圆圆:又是还差三千?咱上个月就差三千,得亏冬强拿了一个鼻烟壶给王叔缓了几天,不然,你可真就在大街上喝西北风了。

乐子:房子就是"咱",喝西北风就是"你",你可真会挑词用。

圆圆:我说的这是事实啊,喝西北风的时候,嘿嘿嘿,我至少还有学校宿舍嘛……

【乐子懒得搭理她。

圆圆:姐夫,你做什么呢?

乐子:工作。

圆圆:我知道你在工作啊,我是说,姐夫,要不咱把这有三千补贴的那个活儿,给接回来吧。你没听王叔说啊,这个月,要是再拖一天,他就给我们断电!

乐子:我知道,可我第一集就没给剪,这会儿再去要,那姓马的能给么!

圆圆:姐夫,只要你愿意!

【灯光变幻,舞台表演区域变为酒吧。圆圆、乐子入座。

【小马进。

小马:(一副贱兮兮的样子)今天美女请我吃饭儿,不知有何贵干啊。

圆圆:马总,您上次找我姐夫剪的那个节目,能不能再让他参加啊?这个机会对他来说很重要。

小马:妹子,是你姐夫他不想做的,我没有办法呀。上回那个片子,说撂就给我撂下了,要不是我高瞻远瞩,两手准备交了备播带,后果不堪设想啊!

圆圆:是,他那几天不是病了么,脑子不太好使。

小马:那今天脑子又好使了?

圆圆:病好了吗。

小马:这可不好办儿,他病好了就想做,生病了就不想做,我怎么知道他什么时候脑子好使儿啊。

圆圆:后来我姐夫没交那片子之后吧,他说他特后悔,逞口舌之快,不尊重领导,不认真完成公司的任务,非常惭愧。对吧,姐夫?

【乐子瞪圆圆。

小马:我们的大才子,应该不会这么想吧。

圆圆:(用肘碰了下姐夫)姐夫,你快说啊。

乐子:马总,那天是我错了,您别计较,我给您道歉。

小马:哎呦,大才子也在啊,你什么时候到的啊,坐这么近愣是没看见儿,真是不好意思。

【圆圆尴尬笑笑。

小马:这公司每天十几个片子等着我去把关指导呢,都把眼睛看坏了,大才子不要介意啊。

乐子:岂敢。

小马:你找我有什么事儿吗?

圆圆:马总,我们是一起来的。

小马:噢,看我这脑子,都快忙晕了。片子是吧。

乐子:恳请公司领导再给我一个机会,我一定能完成好的。

小马:公司珍惜每一个有才华的年轻人,像你这样的我见多了,闯荡两年就好了。本来这个片子是你们组做的,可是大领导还是深思熟虑,为确保质量,我那个组的也在做。所以,后两期的任务都安排好了。你想做就等五集以后吧。

圆圆:马总,来来,吃菜。我姐夫这水平还是可以的,您能不能把下一集的工作交给他来做啊?

小马:这不大好办,别说下一集,就是下两集的任务都安排完了,现在正在看素材的阶段,而且催得很紧,明天晚上就得交呢,你姐夫可以再等等嘛。

乐子:马总,这两集的片子都可以由我来做,而且我保证明晚 7 点前交片。

小马:这可不是开玩笑的。我们组下面两个小组同时开工都只能完成粗剪,你敢保证一个人就能完成?

乐子:既然说了,我肯定完成。

小马:你想好了,再和上次一样……

乐子:绝不会有上次那样的事。

【圆圆使劲拉拽乐子,乐子装作浑然不觉。

圆圆:姐夫,你开什么玩笑,一轮英超 10 场比赛,光素材你就得看多久?

乐子:哼,每轮凡是转播的我都看,不转的当天我翻墙把集锦看了，哪个进球什么镜头，我早记下了，和他们那帮人一样呢。

圆圆：那配乐，字幕什么的。

乐子：字幕模板我早做好了，够五集用的，配乐就更不用说了，你姐姐以前听那么多不知名的外国歌，我还选不出几首垫乐么，我估计熬个通宵加一白天差不多。

圆圆：姐夫，你真棒！

【灯光变幻，乐子捧着硬盘走到电脑前，坐下，乐子的指尖像在钢琴键上流动一般娴熟。

【圆圆从里屋穿着睡衣，睡眼惺忪地出来。

圆圆：姐夫，怎么样？剪了多少了？

乐子：这都 5 点多了，你怎么还没睡。

圆圆：我口渴起来喝水，躺下就睡不着了。

乐子：第一个马上就做完了，而且还不是粗剪哦，第二个的素材已经分好了。现在正渲染呢。

圆圆：太好了！姐夫！让他们看看什么叫水平和效率。

【嘭，忽然，场上灯光全暗。

圆圆：什么情况？

乐子：完了，全完了，停电了！

圆圆：你点保存了吗？

乐子:我只顾着剪,没注意啊……

圆圆:一定是房东那王老头把电拉了!

乐子:他怎么这点还不睡!

圆圆:是他已经起来了!

【门外,戏曲的声音咿咿呀呀。

第三场

场景:出租屋

时间:距离上一场过去一天

人物:乐子、圆圆、房东

【乐子躺在沙发,圆圆拎着包正要出门。

圆圆:姐夫。你这就算正式离职了?

乐子:嗯。

圆圆:今天在单位和大家告别了? 有没有人再三挽留啊?

乐子:我是被开除的,谁挽留我啊。

圆圆:都怪这房东王老头,要不是他,你也不至于丢了工作。

乐子:也怨不得人家,昨天是该交房租了,早上5点,已经过了期限5个小时了。

【门铃声。乐子要起来。

圆圆:你别起了,我这就出门,我去开。

【表妹开门，是房东。

圆圆：王老……王叔啊！

王叔：这一脸惊讶的，中了大奖啊？

圆圆：不是，您今天，没伴着音乐而来啊！（学戏曲）

王叔：今天登门道歉，放着音乐显得没诚意。

【王叔进。

圆圆：(更惊讶地张大嘴)道歉，您跟谁道歉？

王叔：不是你跟我说的，我也不懂，真不知那个点了，(对乐子)你还在工作。

乐子：没事王叔，都过去了，不说了，实话跟您说，我这工作一丢，真没钱了，您要是能给我再宽限几天，我感激不尽。不然我也就搬走了，就是怕悠扬回来找不到我。

王叔：谁还没个困难的时候，想开点儿，等你到了我这岁数，你遇的这些事就不叫事了，女人嘛，好的多得是，别太钻牛角尖。

【圆圆在门口听了几句，耸耸肩膀带上门离开了。

王叔：要不回头我跳广场舞，和我的那些棒尖说说，给你介绍几个？

乐子：不用费心了大爷，我没打算再找。

王叔：这都半个多月了，我瞅着，也不像要回来吧。

乐子:叔,反正我今天也过上了退休生活,我就陪您唠唠我这租房生涯吧。

王叔:行啊,咱爷俩今儿还能一块过上退休生活了,有意思!

乐子:我大学第一年暑假,学校不让住宿舍,为了和悠扬在一块儿,当然,也为了实习,就在外面租了个房子。

王叔:同居吗?

乐子:我倒是想,她实际挺保守的,开始大半年从不和我在外面过夜。

王叔:嗯,谨慎点好。

乐子:那个房子是个旧楼房顶层加盖的,我的那间是个隔断,800块钱一个月,10平方米吧。有天风雨大作,我忘关窗户了。窗户正对的那道木头墙就塌了,门还立着,我下班回来整个楼层的人都在围观。

王叔:丢东西没?

乐子:我哪有什么值钱东西。

王叔:那么多人看着,多臊得慌。

乐子:我走到门口,掏出了钥匙。

王叔:啊?

乐子:打开了房门一看,恩,确实塌了。

王叔:相声听多了吧,都那样了还逗呢。那天怎么过的?

乐子：还能怎么过？就那么暴露着，没一点私密感的睡了一宿呗。我当时刚实习没几天，身上也没多少钱了，第二天也没和房东要押金，就又找了个地方，租了个床位睡，倒是便宜，200块钱。

王叔：女朋友什么反应呢？

乐子：这又不是什么光彩的事，我就没和她说。

王叔：这床位怎么睡啊。

乐子：上下铺，一共8张床。睡着了就好了，反正就占那么大地方，谁让那儿便宜呢。暑假毕业季房源紧张，我搬进去已经是最后一张了。那屋有卖菜的、修车配钥匙的、炸油条的、干小买卖的，都是劳苦大众吧，就我一个知识分子。你一开房门，泡面味、烟味、脚臭狐臭味，啤酒瓶子、烟头、垃圾满地；有人半夜煲电话粥，有人在被窝里哭泣，有人鼾声如雷了还开着收音机。我下班从来不直接回去，就去网吧，等12点了就回去睡个觉。在那屋我只和一个环卫大爷说过话，他带我去吃过一次面，2块5一碗，什么作料都没有，北京话叫"白皮儿"吧，我才知道在首都还有这么便宜的饭。后来是真受不了那个氛围了，就和房东反映，可能他看我有点文化，就给我换了个地方。

王叔：搬哪了？

乐子：这次倒不用像迁都那么麻烦，搬厕所了。

王叔：啊？

乐子:房东那屋好几个厕所,他留着放东西的,在那搭了张行军床,给我住了。

王叔:怎么样啊?

乐子:爽啊,好歹一个人住,我有领事裁判权啊。本来这个厕所不对外使用的,我后来看着那些人早起在厕所门口排队实在不落忍,对我客气,给我散根烟的,我就偷偷放进我屋上了。

王叔:你女朋友一直不知道么?

乐子:我快到开学才和她说,平时假装没这回事呗。那会我们刚好认识没几天,我一大男人,出于哪点考虑也不能和她说这事啊。

王叔:她呢?

乐子:她说咱们去吃顿好的吧。那顿吃了一百多吧,我上完厕所她就让我去结账,我一翻钱包,多了200块钱。送她回去的路上,她说我有出息,还谢谢我请她吃饭,她说吃得很开心。我回去才发现,背包的夹层里还多了一千块钱。那应该是她那几天唱酒吧挣的吧。

王叔:都是好孩子啊。这房你住着,等你手里富裕了,再给我,咱们就算交朋友了。

乐子:所以我得打电话找工作去。

【收光,再起光。

【乐子一个人在屋里打电话,肢体动作和表情可以看出被拒绝,又换一个新的号码拨过去,再被拒绝。

第四场

场景:出租屋

时间:悠扬消失一个月后

人物:乐子、冬强、小马、王叔 OS

【冬强急匆匆地进屋。

冬强:不好了,老大,你要火啊,看看楼下,全是人。

乐子:娶媳妇啊。

冬强:你这不上微信的人,你不知道有个"英超大神"的公众号,现在多火啊。

乐子:什么意思?

冬强:(拿出手机）快看看吧,我得先和你合个影,要不可能以后没机会了。

乐子:你咒我啊!

冬强:不是……

【冬强打开手机,点开一则视频,屏幕播放乐子给比赛配的搞笑解说。

乐子:这怎么到网上了?

　　冬强:你问我我问谁呢?

　　乐子:会不会是悠扬? 这东西只有她有。

　　冬强:嫂子啊,我说呢,乐子哥还瞒着我们玩微信!

　　乐子:我看看。

　　【冬强给浏览历史记录。

　　乐子:怎么我剪的小玩意、配着玩的东西都在呢。

　　冬强:看,这还有文字,"穆三期的战术调整与夺冠前景分析"这都转了几万条了!

　　乐子:我压根就没写过这样的东西啊,国内足球人的文章我是从来不看的。

　　冬强:会不会是嫂子写的?

　　乐子:她没这水平吧。

　　冬强:你好好想想。

　　乐子:我好像是有和她闲聊过,她那天开玩笑倒是和我说过做了什么记录。

　　冬强:你看,我就说嘛! 哦对了,看这,看这,还有更神的呢, 上赛季几乎每轮都有比赛预测。看这评论,命中率平均 70%~80%,多少网友跟着这个预测买都中奖了。奇怪最后几轮的比赛怎么没有预测了呢?

　　乐子:可能是我们冷战那段时间吧,足球都聊的少了。

冬强:唉咱验证一下吧。

【冬强去打开电脑。

乐子:验证什么?

冬强:确认是不是嫂子啊,要是嫂子,这平台,咱肯定进得去!

乐子:怎么进得去?

冬强:我打包票,平台管理密码,是你生日! 喏,你输入吧!

【乐子犹豫,但还是输入。

冬强:(欢呼)耶! 就是嫂子!

乐子:她为什么弄这么一个东西。

冬强:哎哟喂,你看看,嫂子这就是逗你玩呢,都分开了还为了你做这么多,知足吧哥。

乐子:你再仔细看看,这都是一个月前更新的。说明不是她这段时间弄的, 只可能是她以前悄悄玩的,我不知道而已。

冬强:不管怎么的,嫂子也是为你做的啊,要不是停止更新了,也没那么多网友和记者找上门来啊。

乐子:那你说楼下这些人是?

冬强:你这公众平台一夜爆红,我刚看有好几个做足球 APP 的、体育网站的,八成是要来挖你吧。

乐子:有这么火么?

冬强:必须的啊！我纳闷,你回回都预测的这么准,有什么窍门啊,怎么自己不买点彩票呢?

乐子:哪有什么窍门,不过是了解足球多一些,赛前新闻看得多了些,大多都是蒙对了。我还就奇怪了,自己要是想买彩票,从来没中过,反倒是随口一说,能猜对个八九。

【小马冲进门。

小马:(喘着粗气)大才子啊,公司把你的暂住证儿办下来了,你摇号买房不受任何影响,我先来通个气,要是有人挖你,你千万别答应啊,老板说一定给你最好的待遇。

【门外传来闹哄哄的声音和各种敲门声。

小马:(对门外高声喊道)这是我们公司培养的优秀人才,我们已经和他签下了新的合同,有合作意向的找我即可,诸位就不要再有其他想法了。

王叔 OS:小子,有钱了,给我快交房租!

第五场

场景:酒吧

时间:悠扬消失很久之后

人物:乐子、大飞

【大飞坐在椅子上。乐子上场,衣着整齐和以往大不一样。

大飞:(打量着乐子)鸟枪换炮了,成功人士啊。

【乐子没回答,给了大飞一个大大的拥抱。

大飞:习惯这样打招呼了?

乐子:还不太习惯,慢慢会习惯的! 谢谢你!

大飞:不客气,不要谢谢她吗?

乐子:当然,她是我全部的依靠。

大飞: 你不觉得一个男人把全部的希望寄托在一个女人身上是很荒唐的么? 万一她不想再成为你的依靠呢?

乐子:你们谁都不知道她对我有多重要!

大飞:包括她自己吗?

乐子:对,或许是的!

大飞:那么,这么长时间过去了,你还要等吗?

乐子:不等了。

大飞:呵,还说什么重不重要,这不,还是露出了成功人士的嘴脸。

乐子:我是不会再等待了,我想,我得去追寻。

尾声

时间:很久以后
人物:悠扬、乐子

【暗场,舒缓的音乐,只有乐子和悠扬清澈的声音。

悠扬:你最想去哪儿?

乐子:海边。

悠扬:你去过吗?

乐子:诗中写过、画中看过、歌里听过,我想,我很早就去过。

悠扬:也不知道咱俩脑中的大海是不是一样的。

乐子:可以邀请你,和我一起在海边老去吗?

悠扬:好呀。

乐子：你总是这样，不给个痛快话。

悠扬：走吧，我带你去。

乐子：说走就走的旅行吗？你什么时候买的票？

悠扬：昨晚充的，咱公交还是地铁？

乐子：海平面已经逼近五环了么？

悠扬：不，二环，去后海。

乐子、悠扬：后海，也是海。

幕落